KB072776

MLB
메이저리그

MLB-메이저리그 8
말리브해적 장편소설

초판 1쇄 찍은 날 § 2016년 3월 8일
초판 1쇄 펴낸 날 § 2016년 3월 15일

지은이 § 말리브해적
펴낸이 § 서경석

편집책임 § 한준만
디자인 § 신현아

펴낸곳 § 도서출판 청어람
등록번호 § 제387-1999-000006호
등록일자 § 1999. 5. 31
어람번호 § 제1-2372호

주소 § 경기도 부천시 원미구 부일로 483번길 40 서경B/D 3F (우) 14640
전화 § 032-656-4452 팩스 § 032-656-4453
http://www.chungeoram.com
E-mail § chungeorambook@daum.net

ⓒ 말리브해적, 2015

ISBN 979-11-04-90679-4 04810
ISBN 979-11-04-90474-5 (세트)

FUSION FANTASTIC STORY
8
말리브해적 장편소설
KANG
62
MLB
메이저리그
도서출판 청어람

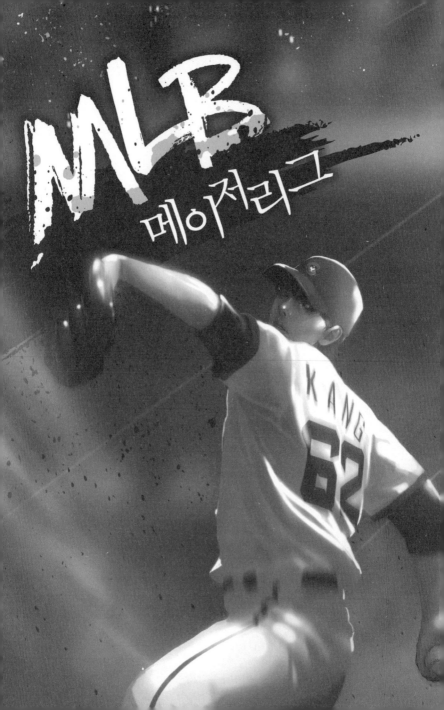

Contents

1. 폭로

삼열은 아침 일찍 일어났다. 몸이 가벼웠다. 평소와 똑같다고 생각하다가 뭔가 다른 것을 느꼈다. 몸을 얽매고 있던 거미줄 같은 것이 없어진 듯 몸이 한없이 가벼웠다. 팔을 벌려 날갯짓을 하면 하늘로 날아오를 것 같은 느낌이 들었다.

'아, 마침내 병이 고쳐졌구나.'

삼열은 본능적으로 자신의 병이 치유된 것을 알았다. 이유는 없다. 단지 그렇게 느낄 뿐이었다.

"마리아!"

삼열은 마리아를 불렀으나 그녀는 깊은 잠에 빠졌는지 불러도 일어나지 않았다.

'아, 난 이제 어떻게 되는 거지?'

이전까지는 루게릭병이 있었지만 신성력이 있어 보통 사람보다 더 뛰어난 회복력을 가졌다. 비록 그렇긴 해도 운동을 하지 않고 몸을 혹사시키지 않으면 몸이 서서히 굳어갔었다.

물론 육체의 진보가 상당히 이루어졌기에 오랜 시간을 훈련하지 않는다 하더라도 몸이 바로 굳지는 않겠지만, 그래도 시간이 흘러 루게릭병의 세포들이 몸의 진보를 잡아먹게 되면 다시 몸을 움직이는 게 힘들어질 것이다.

그런데 이제는 자유와 해방감이 그를 사로잡았다. 그까짓 회복력 따위는 없어도 좋았다. 병으로 고통을 받아보지 않은 사람만이 그런 것을 아까워할 것이다. 진절머리 나는 병이 이제는 완전히 떨어져 나갔다는 사실 하나만으로도 하늘을 날 것 같았다.

"마리아!"

삼열이 재차 마리아의 몸을 잡아 흔들자 마리아가 눈을 떴다.

"달링……?"

"마리아, 나 병이 나은 것 같아!"

"네에? 정말요?"

마리아가 벌떡 일어나 삼열의 뺨에 키스하며 어떻게 된 것이냐고 물었다.

"어, 나은 거 같아."

"축하해요, 여보. 그런데… 정말이에요?"

알몸의 마리아가 삼열에게 기대어와 기쁨을 표현했다. 삼열의 눈빛이 아름다운 금발과 굴곡진 몸, 풍성한 가슴을 보자 갑자기 변했다.

"자기, 안 돼. 오늘은 나 출근해야 해요."

"그래도 한 번만 하면 안 될까?"

"저녁에 해요. 오늘은 당신의 병이 나은 것을 축하하는 의미로 근사한 데서 저녁 먹어요."

"그럼 그렇게 하지, 뭐."

삼열은 아침을 먹고 정원에서 뜨거운 태양의 세례를 받으며 자신이 이제 정상이 되었음을 즐겼다.

동거와 결혼은 확실히 달랐다. 동거가 짜릿했다면 신혼은 달콤했다. 동거는 왠지 몰래 먹는 사탕처럼 짜릿하고 자극적이었지만 마음은 항상 꺼림칙했다.

사랑해서 함께 사는 것은 맞지만 주된 목적은 섹스였다. 책임을 지지 않으면서 같이 사는 이유는 그것 외에 사실상 없다. 물론 삼열이 동거를 원한 것은 아니지만 두 사람이 연인이 된 다음부터 그 역시 이 범주를 벗어나지 못했다.

결혼은 동거하는 것처럼 자유롭지는 않으나 안락했고 평화

로웠다. 심리적으로 주는 안정감도 무척이나 컸다.

하지만 동거에서 예상하지 못한 많은 문제가 결혼에는 존재한다는 것을 삼열은 알고 있다. 마리아와 결혼하고 싶어서 인터넷도 뒤져 보고 책도 몇 개 사서 몰래 보아서였다. 이 여자를 놓칠 수 없다는 마음이 들자 결혼하고 싶은 마음이 절실해졌었다.

다행히 마리아가 먼저 청혼을 했고 얼떨결에 하게 된 결혼이지만 삼열은 무척이나 기뻤다. 그가 그토록 원한 가정이 비로소 생긴 것이다. 부모님이 돌아가신 후에 처음으로 '나'에서 '우리'가 된 것이다.

'그런데 어제 마리아가 뭔가 이야기를 하려고 했었던 것 같았는데?'

신혼이라 몸이 너무나 쉽게 달아올랐다. 예전에는 섹스할 때에 마리아의 눈치도 많이 봤는데 이제는 내 사람, 내 거라는 생각이 들어 자연스럽게 사랑을 나누곤 했다.

삼열은 집 안으로 들어와 운동을 시작했다. 전체적으로 몸이 가벼워졌지만 확실히 회복력은 눈에 띄게 떨어졌다. 삼열은 이전에도 신성력의 힘을 남용하지는 않았다. 그래서 꾸준히 근육을 키우는 데 주력했었다. 삼열은 얼굴을 찌푸리며 중얼거렸다.

"젠장, 스크루볼이 날아갔군."

이제 스크루볼을 던질 수는 있어도 예전 같은 회복력을 기대하기는 곤란했다. 삼열은 두 시간을 미친 듯이 뛰다가 샤워하고 침대에 누웠다. 잠시 눈을 감고 졸다가 일어나니 아직도 뻐근함이 남아 있었다.

'하긴, 예전이 괴물이었지. 언젠가 이렇게 될 줄 알았어. 병을 치료해 달라고 한 것에 비해서 나는 지나친 능력을 얻었어.'

삼열은 지금도 자신의 몸이 괴물급이라는 것을 잘 알고 있었다. 어느 누구라도 이렇게 과격하게 장시간 운동을 하고서 그렇게 짧은 시간에 회복할 수는 없다.

하지만 있다가 없으면 아쉬워지는 게 인간의 마음이다. 신성력이 사라진 것은 정말 아쉬웠다. 하지만 그는 자신의 몸속에 또 다른 불꽃이 나무가 되어 자리 잡고 있는 것은 몰랐다.

축복은 나무에 열리는 과일이지, 나무 자체는 아니다. 하지만 삼열은 그 사실을 알지 못했다. 그것은 미카엘이 말해 주지 않은 것이었는데, 미처 그도 이렇게 빨리 삼열의 병이 나을 것이라고는 생각하지 못한 탓도 있었다.

새롭게 바뀐 몸에 적응하는 데 일주일이 걸렸다. 그동안 그는 매스컴의 집중 조명을 받았다. 여러 가지 이유가 있었지만 그중 하나가 올스타전 참가 여부 때문이었다.

메이저리그 올스타전은 실력으로 뽑기도 하지만 팬들의 요구와 구단과의 균형을 어느 정도 감안해야 한다. 그러기에는 삼열의 전반기 경기 내용은 두말할 여지가 없었다.

하지만 그는 이제 메이저리그에 갓 올라온 선수였고, 그의 팀에는 라이언 호크라는 출중한 에이스가 존재했다. 그는 올해 내셔널 리그 2위의 투수다. 관록과 경험으로 보건대 삼열보다 유리했다.

하지만 삼열은 올스타전에 관심이 없었다. 괜히 올스타전에 나가서 시간을 죽이는 것을 그는 원하지 않았다. 그래서 나가지 않으려고 했는데 출전 수당이 있다는 말에 귀가 저절로 쫑긋해졌다.

이제 결혼을 해서 가장이 되었으니 한 푼이 아쉬운 그였다. 파워 업 티셔츠는 여전히 잘 팔렸지만 그것을 그냥 자신이 날름 먹기에는 양심에 가책이 생겨 뭔가 좋은 일도 해야 할 것 같았기 때문에 돈이 필요했다.

악동 캐릭터를 끝까지 유지하기 위해서는 그 이미지를 희석시킬 수 있는 뭔가가 필요했다.

그 유명한 타이 콥은 악동이 아니라 문제아였다. 그래서 그는 압도적인 지지를 받아 명예의 전당에 입성했지만 사람들은 그에게 냉담했다. 그는 귀여운 악동이 아니라 정말 나쁜 남자였기 때문이다. 삼열이 원하는 이미지는 그런 것이 아니다.

가끔 실수해도 팬들이 웃으며 넘어가 줄 선한 이미지가 삼열에게는 필요했다.

그는 마리아나의 죽음을 항상 애석하게 생각하며 그녀를 기릴 뭔가를 만들고 싶었다.

그런데 오늘은 유난히 많은 기자들이 삼열의 집에 몰려들었다.

삼열은 그들을 보며 이상한 생각이 들었다.

'뭐지?'

삼열은 짜증이 났다. 구단 연습장으로 가서 연습한 후에 내일부터는 또 원정경기를 시작해야 하기 때문이다. 삼열의 차가 집에서 미끄러지듯 나오자 기자들이 따라붙었다.

삼열은 창문을 내리고 소리를 질렀다.

"거, 차에 부딪히고 싶어서 몸살 나지 않았으면 좀 비켜주시죠?"

그러자 일부 기자들이 몸을 약간 뒤로 빼면서 삼열에게 소리쳤다.

"아, 삼열 강 선수! 오늘 워싱턴 포스트의 내용을 읽어 보셨나요?"

삼열이 이건 또 무슨 소리냐는 표정을 짓자 그중 한 사람이 다가와 아이패드로 마리아의 사진을 보여주었다.

"워싱턴 포스트 오늘 자 기사입니다."

"그런데요?"

"마리아 멜로라인 양이 부인 맞으신가요?"

"그걸 왜 알려고 하죠? 남의 사생활에 너무 깊이 관여하려고 하면 다쳐요."

"워싱턴 포스트에서 둘이 비밀 결혼을 했다고 하더군요."

"그래요? 제 변호사와 이야기하시죠. 그럼 저는 바빠서요."

"아니, 그래도……."

"기자님, 기자님 밥벌이가 취재이듯 전 연습을 해야 먹고살 수 있습니다. 그러니 다음에 오시든 말든 일단 난 밥벌이를 하러 갑니다."

태연하게 기자들을 떼어놓고 구단으로 가는 내내 삼열은 기분이 찝찝했다.

왜 마리아가 신문에 나온단 말인가. 말의 뉘앙스가 이상했다. 그래도 제법 유명해진 자기와 결혼한 여자로 취재해야 하는데, 그것이 거꾸로 되었다.

'젠장, 뭐가 어떻게 된 거야?'

삼열은 구단 사무실에 도착하여 인터넷으로 워싱턴 포스트를 살펴보았다.

제목이 '미국의 숨겨진 힘, 멜로라인 가문을 파헤치다'였다.

'이건 또 뭐야?'

삼열은 기사를 차분히 읽었다. 기사는 교묘하게 작성되어 있어 뭐라고 항의하기 힘들 정도였다.

마리아에 대한 언급은 단 두 줄이었다. 그런데 사진으로는 삼열이 마운드에서 쓰러진 날 우는 그녀의 모습이 실려 있었다.

"젠장, 이거 뭐야!"

삼열이 소리를 지르자 구단 직원들이 놀라 그를 바라보았다. 삼열은 자신의 실수를 자각하고는 눈을 돌려 기사를 껐다.

'그녀는 왜 말을 하지 않았을까?'

기사의 내용이 맞는다면 그녀는 미국의 대표적인 가문의 외동딸이었다. 집안은 삼열이 상상했던 것보다 더 대단했다.

그래서인지 연습하려던 의욕이 갑자기 사라졌다. 그냥 멍하게 있다가 보니 한 시간이나 지났다.

삼열은 어디로 가야 할지 생각이 나지 않았다. 집 주변에는 아직 기자들이 있을 것이고, 그렇다고 호텔로 가기도 그랬다.

지이잉.

핸드폰 진동이 울려서 보니 마리아에게서 걸려온 전화였다.

"여보세요?"

—여보, 나예요. 내가 말하지 못한 사실이 있어요.

"좀 전에 기사를 읽었어. 어떻게 된 거야?"

—당신을 사랑했어요. 그게 다예요. 당신이 부담을 가질 것

같아서 천천히 이야기하기로 했는데… 언론이 나보다 먼저 이야기할 줄은 꿈에도 생각하지 못했어요. 자기, 나는 당신을 사랑하고 당신을 위해서라면 뭐든 할 수 있어요. 내 말 믿죠?

"그럼. 내가 당신 말을 왜 믿지 못하겠어."

수화기 너머에서 안도의 한숨 소리가 들려왔다. 그제야 삼열은 그녀가 긴장했음을 알았다.

그녀의 목소리는 다정했지만 조심스러웠고 긴장으로 인해 떨렸다.

―그럼 만나서 이야기해요. 이거 하나만 알아줘요. 당신을 속인 게 아니라 말하려고 했는데 말할 타이밍을 놓쳤다는 것을요.

하지만 삼열은 전화를 끊으면서도 안도할 수가 없었다. 그녀의 말은 사실이었고, 그녀가 거짓말을 할 이유는 어디에도 없었다.

그런데도 왠지 서운한 감정이 가슴에 파도처럼 밀려왔다. 삼열은 왜 그런지 그 이유를 도무지 알 수 없었다.

'나는 그녀의 모든 것을 소유하기를 원하는 것인가?'

삼열은 자신이 알지 못했던 사실로 인해 마리아에게 낯선 이질감을 느꼈다. 하지만 그는 이러한 감정에 사로잡혀서는 안 된다는 것을 알고 있다.

신뢰가 깨지면 사랑도 깨진다는 것은 배우지 않아도 본능적으로 알 수 있는 사실이다.

그녀가 일부러 속이려고 한 것도 아니고, 그렇다고 그녀 없이 살 수 있는 것도 아니다. 그런데도 섭섭한 느낌이 드는 것은 어쩔 수가 없다.

그녀가 미리 말했다면 적어도 이런 마음은 들지 않았을 것이다.

그는 아무렇게나 주변에 앉았다. 앉고 보니 나직한 한숨이 저절로 흘러나왔다.

어차피 그녀의 집안이 대단할 것이라고 짐작하지 못한 것도 아니었다.

그녀가 청혼했을 때 그래서 기뻤다. 먼저 사고를 치고 결혼이라는 것을 하면 빼도 박도 못할 것으로 생각했는지도 모른다. 그리고 그의 생각대로 문제가 터졌어도 여전히 둘은 부부다.

'그런데 왜 멜로라인 가문을 파헤칠까? 그리고 왜 마리아에 대해서 언급했을까?'

단 두 줄, 컵스의 뛰어난 신인 삼열 강과 결혼했으며 그녀역시 컵스의 구단에서 일하고 있다는 내용이었다. 그런데 그녀의 사진은 가장 컸다.

울고 있는 사진을 통해 아마도 두 사람의 사랑이 진실한 것임을 보여주려는 의도 같았다. 그런데 왜 그것이 필요했을까?

삼열은 마리아가 다가온 것을 느꼈다. 뒤를 돌아보니 마리아가 걱정스러운 눈으로 자신을 바라보고 있었다.

"하아."

삼열은 나직이 한숨을 쉬며 일어나 그녀를 살짝 껴안았다.

어쨌든 그녀는 자신의 아내다. 놀라기도 하고 섭섭하기도 하지만, 어쨌든 그녀는 언제나 진실한 마음으로 자신을 대했고 조금의 악의도 찾아볼 수 없다. 아니, 오직 자신을 위한다고 그랬을 것이라고 느껴졌다.

삼열은 마리아의 뛰는 심장을 느끼며 조심스럽게 그녀의 볼에 키스했다.

"이제 이야기해 봐."

마리아는 머뭇거리다가 조심스럽게 입을 열었다.

"처음부터 당신을 보고 반했어요. 알죠? 내가 억지를 부려서 당신 집에서 지내면서 출퇴근을 하게 되었잖아요. 그때 반은 장난이고 반은 진심이었어요. 내 주위의 남자들은 모두 내 겉모습만 보고 달려들었는데, 그런데 당신은 내 앞에서 애인이 있다고 당당히 말했잖아요. 그리고 얼마 지나지 않아 난 당신이 애인하고 헤어진 것을 알았어요. 그것을 알아차리는 것은 쉬운 일이었죠. 난 여자였고 당신에게 관심이 있었으니까. 당신에게 일어난 변화를 알아차리지 못한다는 것은 말도 안 됐어요."

삼열이 의아한 표정을 짓자 마리아는 재빨리 말을 이었다. 그녀는 필사적으로 자신의 마음을 설명하고 있었다.

"그때부터 쭉 하나의 생각을 했어요. 당신처럼 멋진 남자를 버린 여자는 도대체 누굴까, 라는. 당신은 정말 멋진 남자니까요. 자상하고 다정하고 다른 여자에게 눈도 주지 않고 항상 긍정적이고 지나칠 정도로 연습을 많이 하고요. 그걸 보면 어떤 여자라도 당신에게 반했을 거예요. 당신을 보고 늘 생각했어요. 당신이 어떻게 하면 행복할 수 있을까? 당신의 마음에 있는 상처는 무엇일까? 그러다가 마침내 당신의 상처를 알아냈죠. 그 여자가 당신을 버린 게 아니라 어쩔 수 없었을 것이라고. 그리고 그게 뭐였을까, 하고 생각해 보니 당신은 혼자였어요. 그 이유 외에 누가 당신을 거부하겠어요?"

울 것 같은 마리아의 얼굴을 보자 삼열은 한순간이라도 마리아에게 서운한 감정을 가진 것이 미안했다.

"미안해, 마리아. 난 그런 줄 정말 몰랐어. 내가 너무 부족해. 그리고 당신의 사랑은 너무 깊고. 당신은 내가 더 멋진 남자가 되도록 언제나 나를 자극해. 난 그게 너무 좋았어."

마리아는 삼열의 말에 활짝 웃고는 약간 긴장한 얼굴로 키스하였다. 머뭇거리던 입술이 서로를 느끼고 어색했던 감정들을 순식간에 날려 보냈다.

부부는 정말 작은 것으로 싸운다. 싸운 뒤에 무엇 때문에 싸웠나를 살펴보면 그 이유가 무엇인지 생각나지 않을 때가 많다. 그러기에 둘 사이에 신뢰를 잃어버린다면 부부는 아무것도 아닌 게 된다.

삼열과 마리아는 지금이 정말 중요한 시점이라는 것을 인지하고 있었다. 그리고 지금 서로 마음을 합하지 않으면 앞으로 다가올 시련과 역경을 이길 수 없음도 알고 있다.

삼열은 결국 울어버리는 마리아를 힘껏 껴안고 이렇게 착한 여자를 아내로 주신 신에게 감사했다. 비가 내리면 땅이 굳어진다. 그러니 대책 없이 진창에 빠져 헤매는 것은 어리석은 일이다.

삼열은 그 사실을 기억하고 역시 결혼은 쉽지 않다는 것을 깨달았다. 오늘 벌어진 일도 결혼을 하지 않았다면 생기지 않았을 단순한 해프닝이었다.

삼열은 마리아를 데리고 집으로 갔다. 기자들이 아직 있었지만 개의치 않고 들어가 커피를 마시며 앞으로의 삶에 관해 이야기했다. 이야기하다가 키스를 하고 또 애무하고 사랑을 나눴다.

둘은 현재 부부이고, 다른 누가 뭐라고 해도 역시 부부였다.

신이 두 사람 사이를 갈라놓기 위해 시간을 과거로 돌리지 않는 한 둘은 확실히 부부다. 그래서 삼열은 용기를 낼 수 있었다. 그러자 그토록 깊은 실망과 섭섭했던 감정들이 봄눈 녹듯이 스러졌고 마리아에 대한 감정은 더욱 깊어졌다.

'누구야? 폴 매카닉, 두고 봐.'

삼열은 잠든 마리아의 얼굴을 바라보며 이번 일이 왜 일어났는지, 그리고 이 일의 주동자인 워싱턴 포스트의 기자 폴 매카닉이 누군지 알아볼 생각이었다.

쓴맛을 보여주지 않으면 이런 일이 반복되지 않는다고 말할 수 없다.

삼열은 머리를 굴렸다. 천재적인 그의 머리가 돌아가기 시작했다. 그의 눈빛은 '감히 나를 건드려?'라고 말하고 있었다.

삼열은 이를 바드득 갈았다.

*   *   *

변호사와 상담 날짜를 잡아놓고 시합을 하려니 제대로 집중이 되지 않았다.

그동안 마음공부를 제법 한 것 같은데 사랑하는 사람과 관련된 문제이다 보니 쉽지가 않았다. 더구나 마리아는 집으로부터 걸려온 전화로 인해 정신이 없어 보였다.

눈치로 보니 혼신을 다해 마리아가 자신에게 가해질 압력을 막아내고 있는 것 같았는데 그것이 더 마음 아팠다. 하지만 한편으로 이해가 되기도 했다.

자신도 충격을 받았는데 마리아의 부모는 어떻겠는가. 멜로라인은 미국의 대표적인 가문 중의 하나인데 하나밖에 없는 딸이 아시아계 남자와 비밀 결혼식을 했으니 그들이 받은 충격은 불을 보듯 뻔했다.

직접 얼굴을 보고 이야기를 듣는 것과 딸의 결혼 이야기를 신문을 통해 들어야 하는 부모의 심정은 전혀 다른 일이다.

정신없는 마리아를 보며 삼열은 이를 부드득 갈았다. 생각할수록 괘씸했다. 도대체 무슨 의도로 개인의 사생활을 폭로하였는지 이해가 가지 않았다. 그것도 그렇게 교묘한 방법으로 말이다.

"가만두지 않겠어."

삼열은 다른 사람의 인생에 이렇게 쉽게 개입하는 언론의 폭력을 용서할 수 없었다. 하지만 어떻게 복수를 한단 말인가.

아무리 생각을 해도 쉽지가 않았다.

마크 파라민트 변호사가 삼열을 반갑게 맞이하였다. 그는 컵스 구단에서 소개시켜 준 변호사였다. 당연히 삼열에 대해 호의적일 수밖에 없었다.

마크는 삼열의 이야기를 듣고 워싱턴 포스트의 자료를 펼쳐 보였다.

"보시다시피 저쪽은 전문가입니다. 교묘하게 글을 썼습니다. 고소해도 별 소득이 없을 것입니다."

"좀 구체적으로 이야기를 해주세요."

"명예 훼손으로 소송하기에는 걸리는 게 없습니다. 인격 모독을 한 것도 아니고 초상권으로 걸고 넘어가려면 아내 분의 가문이 걸리고요. 일반인이라면 초상권을 가지고 고소할 수 있겠지만, 멜로라인 가문의 딸이 그 문제를 걸고넘어지면 언론이 무척이나 좋아할 것입니다."

삼열은 마크 파라민트 변호사의 말을 듣고 고개를 끄덕였다.

그가 불안해했던 바가 이것이었다. 상대는 언론계에 종사한 지 수십 년이 된 베테랑이다. 문제의 소지가 될 것들은 모두 피했기에 삼열과 마리아가 법적으로 제기할 여지가 없었다.

"법적으로 처리할 수는 없나요?"

"그렇게 되면 마리아 강 부인을 사람들 앞에 세워야 할 것입니다. 그녀는 사람들의 주목을 받을 것이고, 때로는 그것이 그녀의 삶을 불편하게 만들 것입니다. 그렇게 했음에도 불구하고 이길 수 있다고 확답도 못 드리고요. 사진을 허락 없이 사용했으니 초상권으로 하나 건지겠지만 그건 판사가 판단하

기 나름입니다. 멜로라인 가문의 딸을 공인으로 본다면 무죄
가 되겠고 또 다행히 이긴다고 해도 얻을 게 별로 없는 싸움
이죠."

"그런데 도대체 왜 마리아와 나를 걸고넘어진 것인가요?"

"그 부분은 저도 이상하게 생각했습니다. 조금 의외였으니
까요. 글을 그렇게 쓴 것은 멜로라인 가문과 척을 지겠다는
의도인데 평범한 기자가 그래서 얻을 게 없습니다."

"그런데 왜 그랬을까요?"

"우리가 모르는 뭔가 얻는 게 있었겠죠. 일반적으로는 얻는
게 전혀 없는데 말입니다. 제 추측으로는……."

마크는 노련하게 이야기를 주도해 나갔다.

삼열이 아무리 머리가 좋은 천재라 해도 이쪽 분야에 대해
서는 아는 것이 거의 없다. 그러니 그의 입에서 떨어지는 말
을 조용하게 들을 수밖에 없었다.

그는 미국의 가장 유명한 변호사 중 한 명이며 상류 사회의
속성에 대해 아주 잘 알고 있었다.

"그렇다면 개인적인 이익인데… 하하, 그런데 폴 매카닉 기
자가 민주당의 인물들과 친밀하더군요."

"……?"

삼열이 무슨 말인지 못 알아듣자 그가 마저 이야기했다.

"멜로라인 가문은 전통적으로 공화당 쪽이고 삼열 강의 장

인인 존 메이어 멜로라인 상원의원도 공화당이고요."

"아하!"

삼열은 그제야 무슨 일인지 감이 왔다. 이래야 이야기가 된다. 미묘한 기사의 논조와 이상했던 행간의 의미가 비로소 이해되면서 복잡하던 퍼즐이 맞춰지기 시작했다. 그렇게 생각하자 하나의 완벽한 그림이 어렵지 않게 완성되었다.

상대는 청탁을 받았거나 정치가가 되려는 의도였던 것이다. 그래서 삼열이 마크에게 물었다.

"그의 평판은 어떻습니까?"

"호오, 이제 감을 잡으시는군요. 나쁘지 않습니다. 점잖은 논조, 날카로운 직관, 합리적 사고를 하는 사람으로 알려져 있죠. 정치권에서 오래전부터 영입하려는 시도가 있었습니다. 그동안은 거절해 왔던 모양인데 요즘 들리는 소문에 의하면 출마를 한다는 말도 있더군요."

"아……."

삼열은 이제야 이해가 되었다. 아무런 소득도 없이 남을 공격하는 사람은 정신병자가 아니면 없다. 그래서 그의 행동을 이해할 수 없었는데 이제는 아니었다.

"그가 출마할까요?"

"아마도요. 그러나 그것은 전적으로 그의 선택이겠죠."

"그렇겠죠……."

삼열은 변호사의 사무실을 나오면서 비열한 정치권의 수법을 맛보았다. 하지만 그렇다고 복수를 포기할 생각은 절대로 없었다.

"일단 말로 조지고 하원의원으로 출마하면 제대로 한 방 먹여주마."

*   *   *

삼열은 집으로 돌아와 빈방에 홀로 섰다. 그러자 한낮의 태양 빛이 커튼 사이로 환하게 들어왔다.

그는 걸어온 싸움을 한 번도 외면한 적이 없었다. 어차피 그에게 생존은 지옥 같았던 시간들이었기에 무서울 게 없었다. 또한 천재였기에 도전해 오는 적을 막아내고 부수는 것은 어려운 일이 아니었다.

삼열은 그동안 잊고 있었던 마법 같았던 고급문화를 기억해 냈다. 그것이 생각나자 그는 자신도 모르게 중얼거렸다.

"팅커벨, 나타나라."

삼열의 말이 끝나기도 전에 그의 손바닥에서 작은 천사가 나타났다.

거대한 정보를 모을 수 있는 USB이며 안테나이기도 한 팅커벨이 허공에서 날갯짓하며 그의 몸 주위를 돌아다녔다.

어떻게 이러한 현상이 가능한지는 이해할 수 없지만 신성력으로 만들어낸 그 결과물은 몸에서 신성력이 사라진 지금도 없어지지 않았다.

"미카엘과 연결."

삼열의 말이 끝나자 허공에 홀로그램이 생성되더니 미카엘이 나타났다.

그가 아직까지 알고 있는 기능은 이것이 전부였다. 그전에는 필요 없었기에 이 팅커벨의 존재를 잊고 있었다.

―뭔가?

"이 녀석의 기능이 많다고 했잖아. 매뉴얼을 알 수 있을까?"

―하하하, 인간은 어쩔 수가 없군. 그 녀석에게 물어봐. 우리 종족의 문명은 인간들과 다르다. 그 녀석은 더 이상 진화를 하지 못하겠지만 그래도 너희 문명의 수준으로 보면 혁신적일 것이야. 그러니 필요한 것은 직접 물어봐.

"그래?"

―그래.

미카엘은 무뚝뚝한 표정으로 통신을 끊었다. 아직도 그는 지구에 있었다. 아마 한동안 지구에 있을 것처럼 보였다.

미개한 문명 가운데에 그의 호기심을 자극한 것이 있었는지 가끔 삼열이 하는 경기를 보러 오곤 했다.

"설명해 봐. 넌 무슨 일을 할 수 있지?"

삼열이 팅커벨에게 명령하자 전구의 필라멘트에 빛이 들어오듯 그의 의식 속으로 지식이 쏟아져 들어왔다.

"폴 매카닉 기자에 대한 모든 정보를 모아줘."

팅커벨은 황금빛 날개를 펄럭이며 삼열의 주변을 돌아다녔다. 그러고는 팍 사라지더니 노트북으로 들어갔다 나왔다.

삼열은 그 잠깐 사이에 팅커벨이 인간들의 인터넷에 접속한 것을 알아차렸다. 팅커벨은 삼열의 몸에 있던 신성력의 산물이다. 자연 팅커벨은 삼열의 의식과 공명하고 있다.

팅커벨은 자아를 가진 컴퓨터라고 보면 거의 정확했다. 그렇다고 특별한 기능을 가진 것은 아니었다.

진화 초기에 멈췄기에 기본적인 지능밖에 가지지 못했다. 자아를 가졌으나 스스로 알아서 할 수는 없는, 그런 초보 단계로 삼열이 명령하면 그것에 한해서 작업을 수행하는 정도였다.

인간들의 컴퓨터도 음성 인식이 되는데 이보다는 진보한 단계이며 대용량의 정보 분석 능력이 있으나 그렇다고 영화에 나오는 것처럼 무지막지한 슈퍼컴퓨터는 아니었다.

시간을 줄인다는 점에서는 환영할 일이지만 그 이상의 기능은 없다는 점이 아쉬웠다.

미카엘이 말했듯이 만약 자신이 그와 같은 종족이었다면 드래곤 같은 거대한 전투 병기가 나왔을 텐데 인간이기 때문에 이렇게 보잘것없는 것이 나왔다.

삼열은 하늘을 날아다니는 컴퓨터를 보며 한숨을 내쉬었다. 그리고 생각을 정리하기 시작했다.

공개적인 보복은 불가능해 보였지만, 사실은 그렇지 않았다.

폴 매카닉이 예상하지 못한 것이 있는데 삼열의 캐릭터가 악동이라는 점이었다. 악동 이미지이기에 대놓고 복수를 할 수 있다.

삼열은 생각을 정리하고 또 정리하면서 이틀을 보냈다. 그리고 3일째 되는 날 언론과 인터뷰를 했다.

삼열은 시카고 컵스뿐만 아니라 대다수 미국인들이 관심을 가지는 인물이었다. 야구를 좋아하는 사람들은 그를 모를 수가 없었다.

메이저리그 1위의 투수라는 것은 엄청난 것이다. 지난 경기에서 1승 1패를 하고 3실점을 했어도 아직 그의 자책점은 1.0이 넘지 않는다.

삼열은 컵스의 회의실에 가득 모인 기자들을 바라보았다. 모든 미국인이 삼열에 대해 궁금해했다. 메이저리그의 정복자이자 멜로라인 가문의 유일한 딸과 결혼을 한 것이 그들에게 더욱 관심을 갖게 만들었다.

─삼열 강 선수의 인터뷰입니다. 기자님들은 삼열 강 선수

가 본인의 심정을 밝히는 내용을 먼저 듣고 난 다음 개별적인 질문을 해주시기 바랍니다. 이 자리는 지난 며칠 동안 기자님들이 관심을 가졌던 그 문제에 대해서 본인의 생각을 밝히는 자리이며, 이는 우리 컵스 구단과는 관계가 없음을 밝혀둡니다. 삼열 강 선수, 나와주시죠.

사회자의 말에 따라 삼열이 나와 사람들을 마주 보며 웃었다. 그는 재킷의 안쪽 주머니에서 작은 쪽지를 꺼냈다. 물론 보지 않아도 그의 엄청난 머리는 하나도 빠짐없이 기억하고 있었다. 혹시나 하는 마음으로 적어 나온 것에 불과했다.

—안녕하십니까? 야구 선수 삼열 강입니다. 얼마 전에 나는 한 여자와 결혼을 하였습니다. 그리고 그 문제로 여러분 앞에 나왔습니다. 지난 2주가 조금 못 되는 시간 동안 저는 몹시도 혼란스러웠습니다. 일단 워싱턴 포스트가 왜 마리아와 나와의 관계를 언급했는지 의아했습니다. 우리는 정치인도 아닙니다. 나 역시 이제 메이저리그에 갓 올라온 신인에 불과합니다. 물론 내가 조금 잘해서 올해 성적이 괜찮기는 하지만, 그렇게 대단한 것도 아니었죠. 그리고 그 칼럼의 논조도 제게 맞춰져 있는 것이 아니라 멜로라인 가문의 비밀을 파헤치는 것이었습니다.

삼열은 잠시 쉬었다가 다시 말을 이었다.

—제가 알기로 미국 시민들은 공정하고 정직합니다. 그리고

개인의 자유와 권리에 대해 너그럽다고 알고 있습니다. 그런데 제가 한 여자를 사랑해서 결혼한 것이 왜 사람들의 입에 오르내려야 하는지 저는 도무지 모르겠습니다. 그게 이상한가요? 남자가 여자를 사랑해서 결혼한 것에 그렇게 관심 있다면 왜 폴 매카닉 기자는 그 빌어먹을 기사를 쓰기 전에 단 한 번도 나와 아내에게 사전에 인터뷰 요청이나 통보를 하지 않았는지 궁금합니다. 그랬다면 조금 더 자세하고 다정한 기사를 쓸 수 있었을 텐데 말입니다.

삼열의 말에 기자들이 고개를 끄덕이며 적기 시작했다.

―자, 그럼 왜 아내가 나와 결혼하는 것을 비밀로 했는지 말씀드리겠습니다. 그녀와 나는 성인이고 미국의 법에 의해 합법적으로 결혼했습니다. 우리 둘만의 이야기를 워싱턴 포스트가 터뜨려서 저와 아내는 그동안 고통을 받았습니다. 비밀이 비밀인 데에는 그 나름의 이유가 있습니다. 아직 말할 때가 되지 못했기 때문입니다. 왜냐하면 그것은 은밀한 우리 부부의 문제였습니다. 여러분, 저는 이제 말하지만 열네 살 때에 부모님을 사고로 잃었고 그래서 현재도 고아입니다. 이 세상에 가족이라고는 오직 저 혼자였는데 이제야 비로소 저의 첫 가족이 생겼습니다. 이 사실을 아마 폴 매카닉 기자도 알았을 것입니다. 그렇다면 그는 인도주의 정신에 따라 비밀을 지켜줘야 했습니다. 저는 이 순간부터 모든 수단과 방법을 동원하여

폴 매카닉 기자가 쓰는 칼럼이 정치적으로 이용될 때 그를 비난할 것이며, 그가 정치인이 되는 것을 명백히 반대하는 바입니다. 왜냐하면 그는 아마도 비열한 정치가가 될 공산이 아주 높기 때문입니다. 그는 정직하여야 하는 언론을 자신의 출세의 도구로 이용했습니다.

삼열은 잠시 말을 끊고 카메라를 바라보다가 입을 열었다.

—헤이. 듣고 있나, 폴 매카닉 기자? 싸움을 걸어왔으니 너에 대해서도 까발려 주지. 너와 네 가족이 어떻게 사는지, 네가 네 부인과 일주일에 몇 번 사랑하는지도 유튜브를 통해 다 알려질 거야. 그리고 마지막으로 이 순간 내 어린 팬들에게 못난 모습을 보여 미안하다는 말을 전하고 싶습니다. 이것은 내 개인의 문제이고 어른들의 이야기란다. 단지 내 사생활을 건드려서 화난 것이 아니라 정직하지 못한 방법으로 나를, 그리고 나와 내 아내의 사랑을 자신의 이익을 위해 이용하려고 했기 때문에 화가 난 것이란다. 그러나 적어도 난 어떤 이득을 위해 하는 것은 아니야. 난 정치가가 될 생각도 없고 이 일을 통해 내 장인의 선거를 돕겠다는 것도 아니란다. 난 단지 싸움을 걸어온 상대에게 도망가지 않고 맞서 싸우는 것뿐이야. 왜냐하면 나는 내 아내를 지켜야 하거든.

삼열이 말을 마쳤다. 잠시 정적이 감돌다가 잠시 후에 박수가 간간이 터져 나왔다.

―뉴욕 타임스의 존 말코이 기자입니다. 존 매카닉 기자가 의도된 결과를 위해 삼열 강 선수와 마리아 강 씨를 이용했다고 생각하십니까?

―그렇습니다. 그가 민주당의 고위직과 가까운 것은 누구나 알 만한 사실입니다. 그에 대한 증거는 이미 확보되어 있습니다. 저는 왜, 무엇을 위해 그가 나와 내 아내에 대해 언급을 했는지 의아했습니다. 개미도, 거미도 아무 이유 없이 움직이지 않습니다. 나무도 싹을 틔우고 꽃을 피우는 이유가 있습니다. 그는 원하는 것이 있기 때문에 멜로라인 가문에 대해 언급을 한 것입니다. 아마도 뭔가를 찔러보기 위해 글을 썼을 수도 있습니다.

―그렇다면 앞으로 어떻게 할 것입니까?

―제가 완봉승을 거둘 때마다 워싱턴 포스트를 불매해야 한다고 말할 것입니다.

―그것은 왜 또 그렇습니까?

―워싱턴 포스트도 폴 매카닉의 기사를 통해 돈을 벌고 있기 때문입니다. 나는 그가 그 신문사에 있는 동안 그 신문에 대해 불매 운동을 벌일 것이며 그가 다른 신문사로 옮겨도 역시 마찬가지일 것입니다. 그리고 그가 하원의원으로 출마한다면 시합이 있어도 그곳에 가서 그의 낙선 운동을 할 것입니다.

—너무 과격한 보복을 하는 것 아닙니까?

—폴 매카닉 기자뿐만 아니라 다른 기자들도 자신의 정치적 이익을 위해 또다시 나와 아내의 개인적인 문제를 거론할 여지가 있기 때문입니다. 모든 인간은 자신의 사생활을 다른 사람으로부터 보호받을 권리가 있습니다. 그런데 어떤 기자가 자기의 이익에 따라 쓰고 싶은 대로 쓴다면 그 글로 인해 고통받는 사람이 반드시 생긴다는 것을 알아야 합니다. 그리고 그도 그 고통의 의미를 한번 느껴봐야 정직한 기사의 소중함을 비로소 느낄 수 있을 것입니다.

한 시간 이상 진행된 기자회견은 미국 대부분의 주(州)에 방송되었다. 이는 삼열이 메이저리그의 투수로서 유명하기도 했지만 멜로라인 가문이 얽혀 있기 때문이었다.

사람들은 삼열이 기자회견에서 한 말이 진짜로 실현될 것이라고는 생각하지 않았다. 하지만 삼열은 정말로 완봉승을 거둘 때마다 워싱턴 포스트에 대한 불매 운동 의사를 인터뷰에서 밝혔다.

이제 메이저리그에서 가장 위대한 투수가 될 선수에게 찍힌 워싱턴 포스트의 매출은 조금씩 떨어지기 시작했다.

그것은 이미지 싸움이었다. 삼열은 악동 이미지라 더 이상 잃어버릴 것이 없었지만 공정하고 바른 언론이라는, 그리고 차별화된 객관적인 보도를 하는 전국지라는 워싱턴 포스트의 이미지에 조금씩 금이 가기 시작했다.

사람들은 비난에 대해 뜻밖에 예민하게 반응하며 타당한 이유가 조금만 있어도 합류하는 경향이 있다. 삼열은 군중심리를 조장하였고 워싱턴 포스트는 결국 이미지가 나빠져만 갔다.

큰 댐도 작은 금이 가면 무너지기 시작한다. 삼열의 이런 부정적인 전략이 먹힐 수 있었던 이유는 한 해에 메이저리그 경기장을 찾는 인구가 7천만 명이나 되고 TV로 경기를 시청하는 인구는 더 많기 때문이었다.

사람들은 생각보다 이 어처구니없는 악동을 사랑하고 좋아했다. 그래서 결과는 사람들의 예상보다 더 폭발적이었다.

2. 올스타전

삼열은 결혼하고 나자 빨리 아기를 갖고 싶다는 마리아의
생각에 은근히 동조하게 되었다.

아직 나이가 어려 아버지로서의 준비가 채 되지 않았다는
생각도 들었지만 반대로 단란한 가정에 대한 기대감도 무척이
나 컸다.

아버지와 어머니에 대한 좋은 기억이 남아 있는 그로서는
화목한 가정을 정말로 꾸리고 싶었다.

불빛 하나 없는 칠흑같이 어두운 절망의 순간에도 미치지
않고 버틸 수 있었던 것 역시 부모님이 살아계셨을 때의 행복

했던 추억 덕분이었다.

자신은 없지만 마리아가 엄마라면 태어나는 아이도 행복할 것 같았다.

마리아는 삼열의 품에 안긴 채 나지막이 한숨을 내쉬었다.

"여보!"

"응?"

"요즘 나 너무 행복해요. 그런데 욥이 하나님께 고난을 당할 때 이렇게 고백했어요. '나의 두려워하던 그것이 마침내 왔도다'라고. 그러니 우리 행복할수록 다른 사람을 도우며 살아요. 작으면 작은 대로 크면 큰 대로. 당신은 훌륭하고 멋진 사람이잖아요."

"그거야 당연하지."

삼열이 파워 업 자세를 하자 마리아가 웃으며 조그맣게 파워 업을 외쳤다.

마리아는 노블레스 오블리주를 어릴 때부터 교육받아 와서 그런지 개인의 행복을 사회화하려는 경향이 강했다.

비난받지 않는 부자, 존경받는 부자가 무엇인지 어릴 때부터 배워왔기에 그녀에게 그것은 자연스러운 일이었다.

삼열은 아픈 아이들에 대한 동정심이 유난히 컸다. 돈에 관해서라면 누구 못지않게 욕심 많은 그였지만 병든 아이들을 위해서라면 기꺼이 자신의 지갑을 열 생각이 있었다.

삼열은 얼마 전에 마리아가 한 말이 생각났다. 이번 추수감사절에는 그녀의 부모, 즉 장인과 장모를 만나러 가야 한다고 했다. 아마도 그녀가 전화기를 붙들고 설득한 한계점이 거기까지인 것 같았다.

'하아, 쉽지 않네.'

추수감사절인 11월 넷째 주 목요일까지는 아직도 시간이 많이 남았지만 벌써부터 그날을 생각하면 가슴이 떨려왔다.

아직은 사람들 앞에 자신을 자신 있게 내놓을 정도로 갖추지는 못했다고 생각하여 몇 해 정도는 결혼한 것을 비밀로 했으면 좋을 것 같았지만, 이미 사람들에게 알려졌고 이제는 장인과 장모를 만나러 가는 것을 피할 수가 없게 되었다.

'젠장, 어떻게든 되겠지.'

삼열은 한숨을 내쉬었다. 자신 정도의 스펙이면 당연히 쩐다는 표현을 해야 하는데 하나같이 만나는 여자들의 집안이 너무나 좋아 오히려 자신의 처지가 불쌍해 보이는 것이 문제였다.

'젠장, 왜 마리아는 집안이 그렇게 좋아가지고는. 덕을 보는 것은 하나도 없고, 앞으로도 그럴 텐데 말이야.'

괜히 심술이 났지만 마리아를 사랑하고 있으니 장인을 만나지 않을 수도 없었다.

이전에는 수당 때문에 올스타전에 나갈 생각이 조금은 있었지만 지금은 제발 뽑아줬으면 하는 마음이 간절해졌다.

메이저리그 올스타전에 나가면 사람들이 조금은 더 알아주지 않을까 하는 생각 때문이었다. 올스타전은 말 그대로 별들의 축제가 아닌가.

처가를 방문하기 전에 뭐라도 하나 사람들에게 자랑할 것이 있었으면 하는 마음은 사랑에 빠진 남자의 그것이었다.

*   *   *

드디어 기다리던 올스타전의 명단이 발표되었다. 삼열은 당당히 팬 투표로 올스타전에 나가게 되었다.

쟁쟁한 선수들의 이름을 보면서 자신이 후보 명단도 아니고 선발라인업에 올라 있는 것을 보고 미소를 지었다.

막판 세 경기에서 연속으로 완봉승을 거둔 게 주효한 것 같았다.

"아자, 아자! 파워 업!"

삼열은 이번 기회를 통해 파워 업을 전국적으로 퍼트릴 생각을 했다. 파워 업 구호가 퍼지면 퍼지는 것만큼 많은 티셔츠가 팔릴 것이니까.

클리블랜드의 추신수는 이번 올스타전에 안타깝게도 포함되지 않았다. 박찬호가 짐 트레이시 LA 다저스 감독의 추천으로 2001년 7월 11일 시애틀 세이프코 필드에 오르고 이듬해 김병현도 올스타전에 참가한 이후로 한국인이 메이저리그 올스타전에 나오게 된 것은 11년 만의 일이었다.

한국의 매스컴들은 삼열의 올스타전 출전에 놀라 연일 방송을 하기 시작했다.

메이저리그 진출 1년 차에 당당히 주전으로 출전하게 되었으니 놀라울 뿐이었다. 물론 올해 그가 거둔 엄청난 성적이라면 당연한 일이었지만, 그렇다고 하더라도 놀랍기는 마찬가지였다.

삼열은 연일 인터뷰 요청에 시달렸다.

일찍이 메이저리그에 이런 투수는 없었다. 다승 부문을 빼고 모든 분야에서 1위를 달리고 있는 부동의 투수가 그였기 때문이다.

다승 부문도 1위와 단 1승 차이며 후반기에는 이 또한 뒤집히리라는 것이 대부분 전문가들의 전망이었다.

올해는 유독 선발 투수들의 다승이 많아 삼열이 다승 1위를 하지 못하고 있을 뿐이었다. 또한 20경기 출장 정지를 당했었기 때문에 나온 결과라 후반기가 되면 올해의 다승왕은 삼열이 차지할 것으로 예상하였다.

마침내 날이 밝았다. 삼열은 침대에서 내려와 호흡을 크게 했다.

드디어 올스타전이 열리는 날이다. 특별히 휴가를 낸 마리아는 삼열을 따라 미주리주 캔자스시티의 코프먼 스타디움에서 열리는 올스타전에 참석할 예정이었다.

"여보, 파워 업!"

삼열은 마리아의 손을 꽉 잡았다.

"마리아."

"네, 말해요."

"나 떨고 있는 것 같지?"

"호호, 조금은 떨어도 돼요. 처음 출전하는 올스타전이잖아요."

"그, 그렇겠지……?"

삼열은 흥분되는 마음을 진정시키며 오늘 제대로 던져 인터뷰를 따낼 생각이었다. 그렇게 되면 워싱턴 포스트에 완벽한 감자를 먹여줄 수 있을 것이다.

뒤끝왕 삼열의 음흉한 미소에 옆에 있던 마리아도 움찔 놀랐다.

"여보, 무슨 생각해요?"

"아, 아니야. 그냥 흐뭇한 상상을 좀 했어."

마리아는 삼열의 품에 안겨 종알거리며 코프먼 스타디움으로 갔다.

경기장이 가까워질수록 기자들의 취재 열기가 뜨거웠다.

삼열은 주차장에 주차하고 주최 측의 도움으로 기자들을 피해 곧장 코프먼 스타디움으로 갈 수 있었다. 마리아는 삼열을 떠나 관중석으로 갔다.

"헤이, 삼열. 반가워!"

R디메인이 삼열에게 다가와 반갑게 인사를 건넸다. 저번 시합에서 맞대결을 벌였던 그는 멋진 신사였다. 그의 아들이 삼열의 팬이라고 해서인지 유난히 호감을 드러내는 선수이기도 하였다.

"와우, 반가워요."

"아참, 결혼 축하해."

"네, 감사합니다."

R디메인이 인사를 하고 나자 다른 선수들도 다가와 알은체를 했다.

원래는 삼열이 먼저 인사를 해야겠지만 그가 워낙 유명해서 사람들이 관심을 가진 탓이다. 물론 선수로도 유명하지만 기행으로 더 유명한 악동 삼열 강을 보는 것은 그들로서도 매우 흥미로운 일이었다.

올스타전은 사실 매우 아이러니한 경기이다. 대부분의 경기는 양대 리그에 속한 팀들과 치러진다. 내셔널 리그의 팀들은 평상시에는 경쟁자이며 적이기도 하였다. 그런데 지금은 아메리칸 리그의 선수들을 맞이하여 동료가 되어 경기해야 한다.

원래 올스타전은 시카고 트리뷴지의 기자 아치 워드의 제안으로 1933년에 시작되었다. 그 후 팬 투표와 감독 추천으로 선수를 구성하여 쟁쟁한 스타들이 모이는 별들의 전쟁이 매년 열려왔다. 올스타전의 첫 홈런은 역시 홈런왕 베이브 루스였다.

경기 성적으로만 보면 삼열이 선발 투수가 되어야 했지만 그는 첫 출전이라 등판하는 것만으로도 영광으로 여겨야 했다.

포수가 베일 포즈로 결정되면서 그와 같은 팀인 JP.이디어가 선발로 낙점되었다. 이는 어쩌면 당연한 일이었다. 그는 올해 12승 3패 평균 자책점 2.62로 선발 투수로서 부족함이 없었다.

삼열도 베일 포즈와 잠깐 이야기를 나누고 공을 주고받았다. 이미 삼열은 그와 다른 후보 포수들과도 손을 맞춰보았다.

마침내 경기가 시작되었다.

포수는 베일 포즈가, 1루수는 존 보토, 2루수는 마이클 댄, 3루수는 하비 산도발, 유격수에는 라파엘 디엘, 외야수로는 디미트리히, 카를로스 초우키, JK.뎀프가 선발로 출전하였다.

R디메인이 삼열의 옆에 앉아 이런저런 이야기를 했다. 그도

역시 선발로서 출장할 충분한 자격을 가졌지만 역시 포즈 포수와 손발을 많이 맞춰본 JP.이디어가 하게 되었다.

삼열은 그가 이렇게 유쾌한 사람인 줄 처음 알았다. 그는 인도 뭄바이 지역의 성매매 여성을 돕기 위해 헤밍웨이의 책을 통해 알게 된 히말라야에 오른 적이 있었다. 삼열은 그 이야기를 듣고 신선한 충격을 받았었다.

"내 아들도 너의 그 파워 업 티셔츠를 가지고 있어. 아이들이 언제나 파워 업 하면서 놀거든."

"아, 그래요? 영광이네요. 그거 내가 상표 등록해서 수익금이 조금 나오는데, 그중 일부를 어린아이들을 위해 쓰려고 해요."

"오오, 굿! 정말 대단한데. 멋진 생각이야."

두 사람은 경기에는 신경 쓰지 않고 주변 이야기를 하기 시작했다. 어차피 양측 선발들은 메이저리그 최고의 투수들이다. 그들의 투구를 걱정해 줄 정도면 이곳에 오지도 못했을 것이다.

"오늘도 그 멋진 너클볼을 보겠네요."

"하하, 내 너클볼이 멋지긴 해도 너의 그 105마일짜리 공만할까? 아마 곧 던질 기회가 올 거야. 감독도 너의 그 엄청난 공을 구경하고 싶어 할 테니까 말이지."

"그럴까요?"

"물론이지."

삼열은 R디메인의 말에 안심이 되었다. 워낙 대단한 투수들이 모였기에 자신처럼 첫 출전하는 선수는 운이 나쁘면 기회를 얻지 못할 수도 있었다.

하지만 R디메인은 삼열의 인기를 알고 있었다.

마틴 스트라우스만 해도 떠들썩한데, 그보다 더 빠른 공을 던지는 삼열을 감독이라면 반드시 등판시킬 것으로 생각했다.

승부를 떠나 삼열은 현재 메이저리그 최고의 투수이고 그의 105마일짜리 공은 야구를 좋아하는 팬들이라면 당연히 보고 싶어 할 굉장한 구속이었다. 감독도 이런 관객의 열망을 쉽게 물리치지 못할 것이다.

"삼열, 저기 저 여성이 자네의 부인인가?"

삼열은 전광판에 비친 마리아의 모습을 보고 고개를 끄덕였다.

"네. 제 아내 마리아예요."

"럭키 가이군."

"맞아요. 그녀는 착하고 현명해요."

"오, 정말인가?"

"거짓말이면 제가 그렇게 말을 안 했겠죠. 예쁘다고 말했겠죠, 아마도."

"그렇군. 하하, 역시 부부간에는 사랑과 신뢰가 최고야. 외모는 보기 싫지 않을 정도면 돼."

"그렇죠. 그리고 여자 집안이 너무 좋아도 골치 아파요. 그냥 평범한 여자가 제일 좋아요."

"아하, 자네 그 기사를 나도 봤어. 멜로라인 가문이라면 골치 아프겠군."

R디메인이 웃으며 말하자 삼열도 그를 따라 웃었다. 전광판이 가끔 삼열과 R디메인이 말하는 장면을 비추었다.

삼열은 마틴 스트라우스와도 인사를 했다. 그와는 아직 맞대결한 적은 없지만 언젠가는 하게 될 것이다. 같은 내셔널 리그에 속해 있으니 말이다.

1회 초는 득점 없이 끝났다. JP.이디어가 노련하게 타자를 상대한 덕분이다. 1회 말이 되면서 아메리칸 리그에 속한 선수들이 수비하러 나갔다.

포수로는 나다나엘 나폴리, 1루수로는 프린스 쿤, 2루수는 에드워드 카노, 3루수는 존 벨트레, 유격수로 요한 지터, 외야수로는 존 해밀턴, 커티스 그레이크, 조나단 바티스타가, 선발투수로는 그 유명한 크리스찬 벌렌더가 나왔다.

6년 동안 연평균 17승을 한 그는 대단한 이닝 이터이기도 했다. 그는 매년 200이닝 이상을 소화해 내곤 했다.

"재미있겠네요."

"그렇지? 그는 대단한 투수야. 내가 벌렌더였다면 너클볼을 배우지도 않았을 거야."

"물론 그렇겠죠. 하지만 지금의 너클볼이 언터처블이 되었잖아요."

"하하, 꼭 그렇지만은 않아."

"겸손해하실 필요는 없어요. 아무리 우리 투수가 뛰어나도 타자들이 점수를 내야 승리할 수 있으니까요."

"굿 잡! 역시 벌렌더의 체인지업은 언제 봐도 무시무시하네."

삼열도 고개를 끄덕였다. 그의 체인지업에 타자가 삼진을 당하여 물러나고 있었다. 강속구 뒤에 꽂힌 체인지업에 타자의 배트가 헛돌았다.

벌렌더는 직구의 구속도 좋아 공략하기가 쉽지 않다. 특히 올해의 그는 다른 해와는 확연하게 구별되고 있다. 메이저리그에서 118승 63패를 거두고 있는 그는 통산 자책점이 3.44인데 반해 올해는 2.60에 지나지 않았다.

삼열은 벌렌더가 타자를 삼진으로 솎아내는 모습을 보면서 참 쉽게 타자를 요리한다는 생각을 했다. 관록이 괜히 있는 것이 아닌 듯했다.

"후후, 그러나저러나 베일 포즈와 화해는 했어?"

"아! 그 녀석, 다행히 알이 깨지지는 않았대요. 사실 보호대가 있었으니까요."

"그때는 참 볼만했는데 말이지. 둘 다 의도적이었지?"

"뭘 그런 걸 물어봐요. 대답해 줄 수 없다는 걸 알면서."

"하하, 그렇지. 말조심하는 것을 보니 너는 메이저리그에서 롱런하겠어."

R디메인이 웃으며 이야기했다. 삼열은 올스타전에 뽑히고 나서 어제 베일 포즈와 손을 맞춰보면서 묵은 감정을 털어냈다.

그 사건으로 인해 포즈는 엄청나게 고생했지만 자신의 행동이 정당하지 않음을 알고 있었다. 그 당시 삼열이 홈으로 달려오던 가속도가 있어서 그대로 부딪혔으면 큰 부상을 입었을 것이다.

둘 다 잘한 것이 없으니 서로 얼굴을 붉히고 있다가 웃으며 악수하고 털어버렸다.

내셔널 리그 소속의 투수 JP.이디어는 세 타자를 모두 아주 쉽게 요리해 버렸다.

그는 스물두 번째 퍼펙트게임의 주인공이었지만, 사실 그 당시 6회 말에 잘 맞은 공이 펜스를 넘어갈 뻔하다가 바람의 영향으로 좌익수 카브레라의 글러브로 빨려 들어간 덕분에 샌프란시스코 자이언츠 팀 역사상 처음으로 퍼펙트게임을 이룬 선수가 되었다.

오늘도 그날처럼 스플리터가 잘 들어가자 슬라이더와 커브가 놀라운 위력을 발휘했다.

삼열이 R디메인과 웃고 이야기를 하는 사이에 3회 초가 끝나 공수가 교대되었다.

3회 말에 벌렌더가 다시 나와 연습구로 공을 몇 개 던지고 있었다.

플레이가 되고 선두 타자로 세인트루이스 카디널스의 소속 강타자 카를로스 초우키가 나갔다. 그는 올해 23개의 홈런을 때리고 있었다.

그는 메이저리그에서 실력에 비해 고액 연봉자의 반열에 올라 있는데, 그의 에이전트 스캇 보라스 덕분이었다.

그는 작년에 세인트루이스와 2년간 2,600만 달러의 계약을 했다. 올해는 알버트 푸홀스가 빠진 자리에 들어와서 내셔널 리그의 홈런왕을 바라볼 정도로 대단한 활약을 하고 있었다.

딱.

깊지 않은 타구였지만 타구가 예상치 못한 곳에 떨어진 탓에 그는 2루까지 달렸다.

공이 1루 쪽 파울 라인에 근접한 외야로 떨어졌던 것이다.

"오우, 안타네."

주변에서 시끄러운 함성이 들려오자 삼열도 고개를 들어 2루까지 달리는 카를로스 초우키를 바라보았다.

역시나 타자도 투수도 잘 던지고 잘 쳤다. 올스타전이 실력대로 완벽하게 뽑히는 것은 아니지만 기본적인 역량들은 모두 있는 선수들이었다.

하지만 후속 타자 불발로 더 이상 점수를 얻지 못하고 3회초가 끝나고 말았다. 간간이 전광판에는 관중석이 비쳤는데 그때마다 마리아의 얼굴이 클로즈업돼서 나왔다.

확실히 그녀는 관중 가운데 너무나 눈에 띄는 미모를 가졌다.

아마도 각 방송에서 마리아에 대한 설명이 간간이 나가는 것 같았다. 워싱턴 포스트에 그녀의 얼굴이 크게 나왔으니 그녀의 신분을 알아차리는 것은 어렵지 않았을 것이다.

삼열은 그녀가 대중에게 알려지는 것이 달갑지 않았으나, 그렇다고 시합 중에 카메라맨에게 달려가 그만 찍으라고 소리를 지를 수도 없었다.

'젠장.'

삼열은 속으로만 중얼거리며 못마땅해 했다.

벌렌더가 공을 던졌고 안타를 맞았지만 역시 점수를 주지 않고 이닝을 마쳤다.

삼열은 하품했다.

경기가 지루하게 진행되고 있었다. 선발 투수가 잘 던지고 있으니 점수가 나지 않았고 안타를 치고 나가도 그다지 긴장

감이 없었다.

4회가 되면서 R디메인이 나가 공을 던졌고 그의 너클볼에 아메리칸 리그의 타자들은 속수무책으로 당했다. 춤추는 나비처럼 움직이는 공을 어떻게 공략한단 말인가.

아메리칸 리그의 투수도 제레미 위버로 바뀌었다. 그는 13승 2패에 자책점이 2.26으로 아메리칸 리그 최고의 투수였다.

그런데 그는 몸이 덜 풀렸는지 아니면 어제 거하게 한잔을 했는지 제구가 흔들리더니 내셔널 리그의 타자들에게 털리기 시작했다.

"워! 끝내주는군."

삼열의 말에 R디메인이 웃으며 이야기를 받았다.

"그러게!"

디미트리히가 2점 홈런을 때린 것이다. 제레미 위버는 침울한 표정으로 마운드에 있다가 이닝을 마무리하고 다른 투수로 교체되었다.

승리도 중요하지만 가능한 많은 타자와 투수를 고루 등판시켜야 하기에 내려진 조치였다.

제레미 위버도 감독의 말에 이의를 제기하지 않고 받아들였다.

불명예스럽지만 올스타전은 자신의 자존심을 내세울 수 있는 곳이 아니었다. 게다가 이 경기는 리그의 승패에 들어가지 않으니 다들 쉬면서 즐기곤 했다.

이기려고는 하지만 누구도 무리하지는 않았다. 올스타전은 관객과 같이 즐기는 것이 취지이지, 승리를 위해 돌격하는 것은 아니었다.

삼열은 6회에 마운드에 올랐다. 감독이 1이닝만 던질 것이라고 미리 언질을 줬다. 이미 승패가 거의 확정적이라 오래 던지는 의미도 없었다.

이미 내셔널 리그가 4 : 0으로 이기고 있었다.

삼열은 마운드에 서서 하늘을 바라보았다. 그리고 갑자기 손을 하늘 위로 들고 외쳤다.

"파워~ 업!"

삼열의 갑작스러운 소리에 놀란 관객과 선수들이 그를 바라보았지만 3루 관중석에서는 많은 사람이 삼열을 따라 파워 업을 외쳤다.

내셔널 리그의 선수들이나 관중들에게는 삼열의 이러한 퍼포먼스가 자연스러웠지만 아메리칸리그로서는 매우 낯선 광경이었다.

연습구가 끝나고 삼열은 마운드에 서서 호흡을 차분하게 고른 뒤 공을 던졌다.

삼열이 던진 공이 낮게 날아갔다. 손가락 끝에 걸린 실밥의 느낌이 좋았다.

펑.

"스트라이크."

삼열이 공을 던지고 나자 웅성거림이 심해졌다. 전광판에 찍힌 105마일이라는 숫자를 보고 관중들이 놀라면서 소리를 질렀다.

요한 지터가 멍하니 서서 삼열을 바라보았다. 그는 공이 기차 소리를 내며 옆을 지나갔을 때 어깨를 한 번 움찔했을 뿐, 어떤 반응도 할 수가 없었다.

다음 공은 98마일의 컷 패스트볼이었다. 요한 지터는 배트를 휘둘렀지만 부러지고 말았다. 그리고 3루 쪽 파울 존으로 날아간 공을 하비 산도발이 가볍게 잡았다.

삼열은 산도발을 향해 고개를 끄덕이며 박수를 쳐 줬다.

그의 재치 있는 수비로 인해 아웃 카운트를 하나 잡은 것이다.

오늘 방송은 전 세계로 생중계되고 있었다. 방송 부스도 상당히 많이 배당되었고 각국의 아나운서와 해설자는 탄성을 지르며 삼열의 공을 칭찬하기 바빴다.

KBC ESPN은 특별히 원더풀 스카이의 배려로 그들이 배당받은 부스의 옆에서 방송할 수 있게 되었다.

원래 한 개의 방을 두 개로 나눈 것이라 방송할 때 옆에서 자니 메카인과 에드워드 찰리신의 소리가 섞여서 들어왔지만 개의치 않고 장영필 아나운서와 송재진 해설 위원은 입에 침이 마르도록 열심히 방송했다.

─무시무시한 공이지 않습니까?

─그렇습니다. 강삼열 선수의 공은 정말 충격적입니다. 요한 지터가 꼼짝없이 당했군요. 그나저나 강삼열 선수의 커터는 굉장히 위력적이군요. 공이 옆으로 휘어져 들어가는 것이 슬라이더만큼이나 위력적이었습니다. 하하, 요한 지터의 배트가 두 동강 났군요.

─그렇다면 강삼열 선수의 공이 마리아노 리베라와 같이 회전이 심하다는 이야기인가요?

─그렇습니다. 제가 볼 때 옆으로 휘어지는 것은 리베라만큼은 위력적이지 않지만 굉장히 묵직하고 변화가 심하네요. 저 공이 제구되어 들어간다면 칠 수 있는 타자는 거의 없겠는데요. 요한 지터 선수는 뉴욕 양키스에서 1996년에 데뷔한, 통산 타율이 0.323인 부동의 스타 아닙니까? 그런 그가 제대로 배트를 휘두르지도 못했다는 것은 정말 놀라운 일입니다. 음, 기록을 보니 올해 요한 지터 선수는 38세인데요, 메이저리그에서 38세일 때 그보다 더 많은 안타를 친 선수는 행크 아론과 타이 콥밖에 없군요. 지금까지 요한 지터는 3,219개의

안타를 치고 있으니까요. 그런 선수가 벌벌 떠는군요.

—하하, 이거 대한민국의 영광입니다. 메이저리그에 데뷔를 한 해에 올스타전에 선출된 선수는 강삼열 선수가 처음 아니겠습니까? 게다가 올 시즌 13승 3패에 자책점이 무려 0.67입니다. 괴물이라고 불러야 하지 않을까요?

장영필 아나운서의 말에 송재진 해설 위원도 고개를 끄덕이며 동조하였다.

그들이 말하는 사이에도 타자가 타석에 들어와 삼구삼진을 당하곤 했다. 그럴수록 장영필 아나운서의 목소리도 높아져만 갔다.

외국에 나오면 모두 애국자가 된다는 말이 있듯 오늘 아침에 잠깐 삼열과 인사를 나눈 그가 입에 침이 마르도록 칭찬을 하고 있었다.

송재진 해설 위원 역시 삼열과 제법 긴 시간을 이야기해 보기는 했지만, 그렇다고 친하다고 말할 수는 없었다.

—아, 이제 세 번째 타자가 타석에 나오는군요. 이번에도 삼진을 시킬까요?

—무리는 하지 않겠지만… 아무래도 강삼열 선수가 2이닝 이상 던지지는 않을 것이니 전력으로 투구할 테고, 어지간한 타자들은 안타를 치지 못할 것입니다.

삼열이 조나단 바티스타마저 삼진으로 잡자 코프먼 스타디움이 떠나갈 듯 박수가 나왔다. 삼열은 열렬한 박수를 받으며 미소를 지었다.

'이 맛에 투수하는 거지. 잘하면 오늘 인터뷰를 딸 수 있을 것 같은데?'

삼열이 마운드에서 내려가면서 3루를 흘깃 보니 마리아가 자신을 바라보고 있었다. 삼열은 잽싸게 3루로 뛰어갔다.

"마리아!"

"여보, 왜 왔어요?"

"그냥 보고 싶어서."

마리아가 앞으로 나오자 삼열이 손을 흔들었다. 짧게 말을 나눈 삼열은 뒤돌아 가려다 마리아가 뭔가 할 말이 있는 것 같아 보여 더 가까이 다가갔다.

"여보, 가까이 좀 오세요."

"응."

삼열은 말 잘 듣는 강아지처럼 마리아 앞으로 쑥 나갔다. 그러자 마리아가 고개를 숙여 그의 입에 살며시 키스를 했다.

삼열은 깜짝 놀라 마리아를 바라보았다. 그러자 마리아가 수줍은 미소를 지었다. 왜 그녀가 이런 돌발 행동을 했는지는 모르나 행복한 미소를 짓고 있으니 그것으로 만족이었다.

"왜?"

삼열은 마리아가 갑자기 많은 사람이 있는 곳에서 키스한 것이 의아했다.

"당신이 너무나 멋져서요."

마리아의 말에 삼열은 빙그레 웃으며 자신의 자리로 돌아갔다.

이제 공수가 교대되고 시합이 막 시작되려고 했기에 더 이상 있을 수도 없었다.

삼열이 더그아웃으로 죽어라 뛰어가자 관중들이 그런 그를 보고 배를 잡고 웃었다.

카메라가 멀리서 잡은 탓에 삼열의 모습은 더 우습게 전광판에 보였고 그에 반해 마리아의 모습은 여전히 아름다웠다.

"헤이, 럭키 가이. 감독이 너보고 오래."

"라 루니 감독이요?"

"응, 빨리 갔다 와라. 네 자리는 맡아 놓고 있을 테니."

이제는 형 동생 하며 친해진 R디메인이 웃으면서 말했다. 삼열은 라 루니 감독에게 갔다.

"부르셨어요?"

"아, 수고했어. 그런데 말이지……."

삼열은 고개를 갸웃했다.

6회에 마운드에 오르면서 라 루니 감독은 그에게 1이닝만 맡기겠다고 했다.

삼열은 곁눈질로 그라운드를 바라보았다. 라파엘 디엘이 3루타를 치고 나간 것이다. 주위가 소란스러워지자 라 루니 감독도 잠시 기다리다가 삼열에게 말했다.

"다음 이닝의 아웃 카운트 하나만 더 해줘야겠어."

"그러죠, 뭐."

삼열은 투수 코치를 통해 전해도 될 말을 감독이 하는 이유를 몰랐지만 기꺼이 받아들였다.

아마도 승부가 박빙이라면 몰라도 이미 어느 정도 결과가 나온 상태라 처음 계획한 대로 선수들을 교체하려고 하는데 관중의 반응이 좋다 보니 1이닝은 너무 적다고 생각한 모양이었다.

하지만 그렇다고 메이저리그가 실력만 있다고 되는 곳은 아니다. 연륜과 커리어가 필요한 곳이기도 했다. 1이닝을 던지는 것만 해도 굉장한 것이다.

텍사스의 일본인 투수 다르빗슈 유도 11승 4패로 괜찮은 성적을 거두고 있지만 등판 기회를 잡지 못하고 있었다.

물론 자책점이 높아서 그가 올해 이룬 승리가 평가 절하되고 있기는 했다. 아메리칸 리그라 해도 결코 성적이 좋은 편이 아닌, 올해 그의 평균자책점은 4.05였다.

삼열은 자리로 돌아왔다. 경기는 여전히 계속되고 있었고 함성은 커져만 갔다.

장영필 아나운서는 삼열이 갑자기 3루로 가자 의아했지만 그와 이야기를 하는 여자를 보고서야 그 이유를 알아차렸다.

　─하하, 강삼열 선수, 더그아웃으로 돌아가지 않고 3루로 간 것은 부인 때문이죠?

　─그렇습니다. 그는 최근에 결혼했는데 온 미국이 떠들썩했었죠. 마리아 강 부인은 원래 멜로라인 가문의 딸인데 비밀 결혼을 올린 것을 워싱턴 포스트의 폴 매카닉 기자가 터뜨렸죠. 그래서 요즘 강 선수와 워싱턴 포스트는 사이가 극도로 좋지 않은데요, 완봉승을 거둘 때마다 인터뷰에서 워싱턴 포스터의 불매 운동을 벌이고 있습니다. 매출에 영향이 조금 있는가 본데, 들리는 말에 의하면 워싱턴 포스트가 굉장히 골치 아파한다고 하더군요.

　─강삼열 선수의 부인이 굉장히 미인이군요. 그런데 두 사람은 어떻게 만나서 결혼했다고 합니까?

　─아, 의외로 마리아 멜로라인 양이 먼저 강삼열 선수를 따라다닌 것으로 알려졌습니다.

　─그래요? 정말 믿을 수 없는 말이군요.

　─하하. 뭐, 마리아 강 씨의 얼굴만 보면 강삼열 선수가 죽자고 따라다녔을 것이라고 짐작하겠지만 아니랍니다. 청혼도 부인이 먼저 했다고 합니다.

—아, 너무 부럽습니다.

—하하, 장영필 아나운서도 결혼하시지 않았습니까?

—앗, 그렇군요. 뭐, 그렇다는 것이지요. 저도 제 아내와 결혼을 한 것은 무척 잘했다고 생각합니다.

장영필 아나운서가 재빨리 표정을 바꾸며 변명을 했다.

그 모습을 보며 송재진 해설 위원이 웃었다.

6회 말에 내셔널 리그 팀이 다시 4점을 얻어 8 : 0이 되었다. 7회 초에 다시 삼열은 마운드에 올라 파워 업을 외쳤다. 그러자 예의 그 엉터리 응원가가 터져 나왔다.

"우리는 파워~ 업. 파워~ 업. 나나나나 파워~ 업. 우리는 파워~ 업. 나나나나 무적의 파워~ 업 맨. 던진다, 무적의 공이 나가신다. KKK! 유 아웃~ 우리는 무적의 파워 업~ 맨!"

원래 유치한 노래일수록 기억에 잘 남는 법이라 했던가.

만화 영화 노래를 개사한 것이라 누구나 쉽게 따라 부를 수 있는 노래였다. 삼열은 노래를 들으며 미소를 지었다.

'역시 유치한 게 최고야.'

아이들을 주 타깃으로 삼은 것이 이렇게 잘 풀릴 줄은 그도 전혀 짐작하지 못했다.

스프링 캠프에서 어른들은 무명인 그를 아는 척도 안 했다. 그래서 그나마 접근이 용이한 아이들에게 사인을 해주면서 자연 그의 팬들은 아이들이 되어버리고 말았다.

아이들이 좋아하면 그 부모도 싫어하지 않는다. 그래서 그는 아이들 덕분에 빠르게 많은 팬을 확보할 수 있었다.

삼열은 마운드에 서서 공을 던졌다. 다시 105마일이 번쩍하고 전광판에 찍혔다. 관중석에서 다시 소란이 일어났다.

제2구는 느린 체인지업, 3구는 다시 빠른 볼을 던져 아담던을 삼진으로 잡았다.

삼열이 아두리안 해멀스와 교체를 하고 내려오자 관중들이 기립하여 그에게 박수를 쳤다. 삼열도 더그아웃에서 나와 손을 흔들어 주었다.

*   *   *

폴 매카닉은 어두운 방에서 의자에 앉아 깊은 한숨을 내쉬며 모니터를 바라보았다.

강삼열이 이번에도 인터뷰에서 워싱턴 포스트를 거론하며 불매 운동을 벌였다. 이번에는 이전보다 더 큰 파급 효과가 있을 것이라는 생각을 안 할 수 없었다.

오늘의 경기는 다름 아닌 메이저리그 올스타전이었다. 미국뿐만 아니라 전 세계로 중계되는 방송에서 불매 운동을 천연덕스럽게 벌이는 삼열을 보고 그는 자신의 실수를 인정해야 했다.

상대는 정말 뻔뻔하고 집요하게 자신을 물고 늘어졌다.

문제가 발생하고 나서야 삼열에 대해 자세히 알아보았다.

그는 단순한 악동이 아니었다. 그는 메이저리그의 위대한 투수였다. 그리고 아이들에게 엄청난 인기가 있고 제법 좋은 일도 했다.

자신의 잘못이라면 야구를 그다지 좋아하지 않아 삼열이 뛰어난 투수라는 것과 악동이라는 것 외에는 잘 몰랐다는 점이다.

예전에 아들이 TV를 볼 때 지나가면서 흘깃 보았는데 그가 경기에서 우스운 표정으로 파워 업을 외치고 있었다. 그래서 그를 우습게 생각했다.

그런데 움직일 것이라고 기대했던 멜로라인 가문은 가만히 있고 애먼 놈이 죽자고 덤벼들었다. 처음에는 이 녀석은 뭔가 했는데 시간이 지나면서 자신이 잘못 건드렸다는 것을 온몸으로 느꼈다.

이제는 실수를 인정해야 할 때가 온 것이다. 그동안 몸담고 있던 회사에 더 이상 피해를 줄 수 없다.

지금 그만둔다면 정치는 물 건너가겠지만, 그래도 대학에서 저널리즘을 강의할 수는 있을 것이다. 더욱이 막내아들 레이가 요즘 풀이 죽어 있는 모습을 보며 마음이 아팠다.

'어리석었어. 할 수 없지. 이제는 마무리해야 해.'

폴 매카닉은 어둠에 잠긴 정원과 거리를 바라보았다. 바람은 느리게 부는데 사람 하나 없는 거리는 유령 도시 같았다.

그가 서재를 빠져나가자 책상에 놓인 사직서가 외롭게 바람에 흔들거렸다.

*　　　　*　　　　*

삼열은 아침에 메일을 하나 받았다. 어떻게 그의 이메일 주소를 알았는지 모르지만 어린 팬으로부터 온 것이었다.

그는 메일을 읽고 충격을 받았다. 짧고 간결한 내용이었다.

―파워 업 형아. 형은 우리 아이들의 우상이에요. 하지만 우리 아빠는 요즘 잠도 잘 안 자고 힘들어해요. 아빠는 우리에게 아무 말도 하지 않지만 나도 알아요. 우리 아빠가 형의 비밀 결혼에 대해 사람들에게 이야기해서 형이 힘들어졌다는 것을요. 하지만 내게는 너무 좋은 아빠예요. 우리 아빠와 잘 지내면 안 돼요?

삼열은 가슴이 뭉클해졌다.

어릴 적 아버지와 공원에서 놀던 생각이 났다. 아버지는 어릴 적에 무척이나 많은 시간을 삼열과 놀아줬다. 어릴 때는 그것이 너무나 당연하게 여겨졌는데 돌이켜보니 아버지가 아들과 함께하는 시간을 가지기 위해 정말 많은 노력을 했던 것이었다.

그러면서도 겉으로는 아무렇지도 않은 척하고 덤덤하게 계셨던 아버지.

레이라는 아이의 아버지를 생각하자 삼열의 입에서 저절로 비명 같은 한숨이 튀어나왔다.

아이에게 나쁜 기억을 남겨줄 수는 없다고 생각했다.

자신도 곧 아버지가 될 것이고 자식에게 좋은 아버지가 되려고 노력할 것이다. 예전에 아버지가 자기에게 했던 것처럼 그렇게 할 것이라는 생각을 하자 갑자기 투쟁심이 사라졌다.

'이제 그만하자.'

이제 그도 할 만큼 했다고 생각했다.

언론이라는 권력에 피해를 본 사람이 어디 한둘이겠는가.

그래도 자신은 캐릭터를 잘 잡았기에 이렇게 복수를 시도할 수 있었다. 그렇지 않은 사람들은 복수를 생각조차 해보지 못했을 것이다.

삼열은 언론이 사생활에 대해 다룰 때는 반드시 사전에 그 사람에게 허가를 받아야 한다고 생각했다. 그게 유명한 사람이든 아니든 말이다.

그렇지 않다면 기자가 파파라치와 다를 바가 뭐란 말인가.

누구도 알 권리를 빙자해서 사생활을 대중 앞에 까발릴 권리는 없다. 삼열이 폴 매카닉 기자를 용서하지 않은 이유도 거기에 있었다.

삼열은 말없이 거실의 소파에 앉아 돌아가신 아버지를 생각했다.

그에겐 세상 그 무엇보다 소중했던 아버지였다. 그리고 지금은 자신의 어린 팬 레이에게도 그런 아버지가 있다.

죽고 죽여야 하는 원한이 아닌 다음에야 여기서 멈추는 것이 옳다.

눈을 감자 과거에 있었던 그리운 시간들이 공간을 격하고 그의 가슴으로 다가왔다. 그때 마리아가 거실 소파에 앉아 있는 삼열을 보고 소리쳤다.

"여보, 뭐 해요?"

"아, 마리아."

삼열은 자기의 품에 안기듯 다가온 마리아의 입에 살짝 키스하고는 이야기를 했다.

"돌아가신 아버지에 대해서 생각했어. 아버지는 무척이나 바빴지만 나를 위해서라면 언제나 시간을 내줬어. 어릴 때는 그것이 얼마나 힘든 일인지 정말 몰랐어. 난 아버지와 언제나 놀고 싶었으니까……."

"아, 가여운 내 남편. 이리 와요."

마리아는 젖은 눈으로 괴로워하는 삼열을 가슴에 안았다.

풍성한 마리아의 가슴에서 엄마의 냄새를 맡자 그의 그리움이 더욱 커졌다.

"우리 훌륭한 남편이 오늘은 아이가 되었네요."

"마리아, 사랑해."

"어머, 내가 더 당신을 사랑하고 또 좋아할 거예요."

아름다운 눈을 크게 뜨고 정색하는 마리아를 보자 삼열은 기분이 좋아졌다.

크고 긴 속눈썹이 삼열의 눈을 어지럽혔다. 하늘을 닮은 눈동자가 삼열을 사랑스럽게 바라보고 있었다.

"여보."

"아……."

삼열은 마리아의 입술을 더듬으며 손으로 가슴을 만졌다.

"아이, 지금은 낮이에요. 저녁에… 아, 몰라요."

삼열은 마리아의 목소리를 무시하고 마리아를 향했다.

한동안 소파가 들썩였고 사랑의 소리가 열린 창문을 통해 새어 나갔다.

밖에는 새들이 몰려와 지저귀고 있었고 한여름으로 달려가는 날씨는 아주 뜨거웠다.

나비 한 마리가 유리문에 내려앉아 두 사람을 바라보고 있었다.

인생은 늘 사람들의 바람대로 행복하지 않다. 행복은 어려움을 극복하고 나서야 오는 선물이다. 예외가 있다면 사랑스러운 신혼 시절이 그러할 뿐이다. 그 외에는 행복보다 고통이 먼저 오곤 한다.

삼열이 마리아의 가슴을 손으로 올리고 살며시 웃으면서 입을 열었다.

"우리 아기 가질까?"

"정말요?"

"왠지 당신이라면 우리 아기를 잘 키울 수 있을 것 같아. 난 아직 아빠가 될 자격이 없을지 모르지만 현명한 당신이라면 아이도 행복할 것이라는 생각이 들어."

"아니, 당신은 훌륭한 아빠가 될 거예요. 난 믿어요. 그러니 우리 남편 파이팅… 아니다, 내 남편 파워 업!"

"정말?"

"뭘요?"

"여기서 더 파워 업을 하면 당신이 버틸 수가 있을까?"

"어머, 지금은 체력을 아껴요. 난 당신하고 나이가 들어서도 이렇게 멋진 시간을 가지고 싶은걸요."

"음하하하! 그 소린 지금의 내가 멋지다는 말?"

"어머, 몰랐어요? 내가 매일 멋지다고 노래했었는데."

"난 그냥 하는 빈말인 줄 알았지."

"어머, 어머. 말도 안 돼. 부끄러움을 무릅쓰고 늘 자기를 칭찬했더니 그걸 몰라주는 거예요?"

"아, 그렇군. 그런 의미에서 다시 파워 업 해서 한판 더?"

"호호, 참아줘요. 여자의 몸은 남자들이 생각하는 것보다 더 섬세하고 약하답니다."

"마리아."

"네?"

"남자의 몸도 생각보다 약해."

"어머, 그러면 안 되는데."

마리아가 삼열의 품에 매달려 아양을 부렸다. 미국 여자들은 내숭이나 애교를 잘 하지 않지만 동양인들은 애교 있는 여자를 좋아하는 편이다. 그래서 그녀도 결혼한 후로는 조금씩 하는 편이었다.

미국 여자들뿐만 아니라 유럽의 여자들도 여자가 애교를 부리는 것을 머리가 없는 여자나 하는 짓으로 생각한다.

하지만 동양과 서양의 문화의 차이를 이해하고 있는 마리아로서는 애교 뒤에 오는 달콤함을 생각하면 못 할 것도 아니었다.

그런데 요즘은 조금 걱정스러웠다.

삼열이 감정적으로 변하는 시간이 많아졌기 때문이다 미

국 남자처럼 사랑 고백을 자주 하지는 않지만 한국 남자의 사랑은 진했다. 육체의 사랑을 넘어 정신적 교감과 신뢰는 정말 그녀를 황홀하게 만들었다.

"우리, 이 집 사요."

"정말? 그런데 주인이 팔까?"

"물어보면 되죠. 요즘 안 그래도 집값이 폭락해서 집주인들이 울상이라는데 이야기를 잘하면 팔지도 몰라요."

"그러면 곤란하기는 한데."

"왜요?"

"그러면 컵스에 오래 있어야 하는 게 아닌가 해서요."

"이 집이 하면 얼마나 하겠어요? 난 손해를 보더라도 집을 사서 우리가 원하는 대로 고쳤으면 해요."

"음⋯⋯?"

"그래야 아이가 생기면 마음 편하게 키우고, 아기 돼지도 사육하고요."

"아, 아직도 그 돼지에게 미련을 못 버렸어?"

"그럼요. 얼마나 나를 좋아하고 따르는데요."

마리아의 말에 삼열의 마음도 움직였다. 어차피 앞으로 6년은 더 있어야 하는 시카고다. 언제까지나 렌트한 집에서 살 수는 없다.

두 사람은 열린 창문으로 불어오는 바람을 나란히 껴안고

서서 맞았다.

바람이 지나갈 때마다 커튼이 나뭇잎처럼 흔들렸다. 그리고 바람에 떡갈나무 가지들이 흔들릴 때마다 파도 소리처럼 들려와 마치 바닷가에 온 것 같은 느낌이 들게 했다.

삼열은 어제 경기가 끝나자마자 마리아와 밤 비행기를 타고 집으로 돌아왔다. 호텔도 나쁘지는 않았지만 안정감에서는 집이 훨씬 더 편했다.

"여보, 행복해요. 당신 너무 멋져요."

"아, 마리아. 이런 말을 평생 들으며 살 방법은 없을까?"

"뭐가 어려워요. 내가 매일 해줄게요."

"하하, 꼭 왕이 된 기분이네."

"호호, 그럼 난 왕비네요."

둘이 하는 수작이 마음에 안 들었는지 창문에 붙어 있던 하얀 나비가 날개를 퍼덕이며 다른 곳으로 날아갔다.

*   *   *

이들이 서로 사랑을 나누는 그 시간, 한국에서는 어제 삼열이 올스타전에 나온 것으로 인해 난리가 났다.

메이저 데뷔 첫해에 올스타전 출전, 그리고 105마일의 공을 던지는 삼열의 모습에 한국인들은 자부심과 강렬한 대리 만족을 느끼게 되었다.

현실의 어려움이 그 무지막지한 공을 보면서 눈 녹듯이 사라지곤 했다.

어제 아침 송치호는 오랜만에 대광고 야구부원들을 만나 술을 마셨다.

술이라고 해봐야 맥주 몇 잔이었다. 아침부터 술을 먹기도 그랬고, 또 현직 선수들이 많아 술을 마시는 것을 좋아하지 않은 이유도 있었다.

"와, 삼열이 형 용 됐네."

"자식아, 원래 삼열이 형은 용이었어."

"그건 그렇지."

조영록이 송치호의 말에 고개를 끄덕였다.

그는 가끔 삼열에게 얻어맞았던 당시를 생각하곤 했다.

처음에는 그 생각을 하면 두려움과 분노가 일었지만 이제는 즐거운 추억으로 남은 것이 너무나 이상했다.

"와, 형 나온다."

김민우가 소리치자 홀 안에 있던 사람들이 모두 숨을 죽였다.

이곳은 대광고의 1루수였던 원도훈의 아버지가 운영하는 가게다. 그는 고려대 야구부에 들어갔다. 마지막 3학년 성적이 워낙 좋아 그해 졸업생들은 야구 특기자로 대학을 가거나 프로 무대로 진출할 수 있었다.

봉황기 대회 준우승, 청룡기 대회 우승은 꿈만 같은 업적이었다. 그리고 그 추억의 중심에는 삼열이 있었다.

"와우, ×발. 아무리 삼열이 형이라지만 이게 말이 되냐? 105마일이라니."

"왜 말이 안 되는데."

"×나게 빠르잖아. 170㎞/h라는 건데. ×발, 0.3초 내에 배트를 휘둘러야 하는데 이게 말이 되냐고. 봐, 요한 지터도 꿈쩍도 못하잖아."

"하여간, 괴물이긴 그때나 지금이나 마찬가지네."

"머리는 또 어떻고. 천재 아니냐. 정말 너무 불공평해."

"뭐가 불공평해. 너 그 형처럼 훈련할 수 있어?"

오동탁이 불평을 터뜨리다가 송치호의 말에 바로 입을 다물었다.

막말로 이곳에 모인 동창 중에서 삼열의 덕을 안 본 사람은 한 명도 없었다. 하다못해 자장면이라도 얻어먹었다.

"×발, 우리가 잘된 건 다 형 덕분이야. 인정한다고. 그런데 삼열이 형이 우리를 기억이나 할까?"

"기억 못 하면 우리가 하면 되잖아. ×발, 그래도 기억해 줬으면 좋겠다."

"야, 치호야. 넌 언제 1군 올라가냐?"

"아마 내년이면 가능할 것 같은데."

송치호가 어깨에 힘을 주고 말하자 대학으로 진학한 김민우와 유민수, 원도훈이 부러워했다.

"야, 저거 봐. 배트 부러진 것 말이야. 공이 엄청나게 빠르고 강한가 본데."

화면에 요한 지터의 부러진 배트가 잡혔다. 송재진 해설자가 삼열이 던진 공의 구종이 커터라고 말하는 소리가 홀에 울려 퍼졌다.

"삼열이 형 ×라 출세했다. 우리 돈 모아 한번 미국 놀러 갈래?"

"정말 그럴까?"

"와우~ 흥미 돋는데."

"어, 뭐야?"

이닝을 끝낸 삼열이 3루로 가자 아름다운 여자가 그를 맞이하는 장면이 나왔다.

"악, 안 돼!"

마리아가 삼열의 입에 키스하자 홀 안에 있던 남자들이 동시에 소리를 질렀다.

"와우, 쩐다. 어? 형수님이라는데?"

"헐~ 대박. 그새 결혼도 한 거야? ×라 빠르다. 빛의 속도로 해먹었네."

"조용히 해봐, ×발 놈들아. 어, 형수님이 먼저 청혼했다는데?"

"뭐야? 말도 안 돼. 아, 백마인데."

조영록은 무심결에 말을 내뱉고 나서 아차 싶었다. 역시나 바로 송치호의 주먹이 날아왔다. 조영록은 얻어맞고는 의자에서 굴러떨어졌다. 그러고는 재빨리 일어나 다시 앉았다.

"아, ×발. 아파."

"야, 이 ×새야. 아프냐? 우리들 중 형 신세 안 진 사람이 어디 있어? 말 함부로 할래?"

"누가 그걸 몰라?"

조영록도 얼굴을 주먹으로 문지르며 중얼거렸다. 자기도 한 짓이 있으니 아무 말도 못 했다. 그렇지 않다면 맞고 가만히 있을 그가 아니었다.

예전에 삼열에게 피떡이 되도록 맞고 난 후 조금 유순해지기는 했지만, 그렇다고 욱하는 성질이 어디 간 것은 아니었다.

"×새끼, 운동은 안 하고 주먹만 휘둘렀나."

조영록이 맥주를 따라 마시면서 중얼거렸지만 아무도 그의 말을 주의 깊게 듣지 않았다. 다시 삼열이 7회에 나와 무시무시한 공을 던졌기 때문이다. 그리고 그는 아웃 카운트를 하나만 잡고 마운드에서 내려갔다.

"아, 잘 던지고 있는데 왜 강판을 시키느냐고?"

"그러게."

"형만 투수냐? 메이저리그 올스타전이야, 올스타전. 다르빗슈 유는 마운드에 서지도 못했잖아."

"×발, 그 새끼는 자책점이 4.0이 넘어가잖아."

"그래도 데뷔 1년에 그 정도면 대단한 거지."

"얘들아, 우리 형 팬 카페 만들까?"

"우리가?"

"왜, 안 돼?"

"야, 그런 건 남자보다 여자들이 잘하잖아."

"새꺄! 상식을 깨야지. 우리가 직접 만들면 장점이 많아. 우리 모두 형을 잘 알고 있으니 형에 대한 안 좋은 소식이나 허위 사실은 사전에 차단할 수 있잖아."

"그러네."

"×발, 하자. 우리끼리 돈을 조금씩 모아서 전문가에게 만들어 달라고 하고 웹을 잘하는 동생이 있으면 용돈 좀 쥐어주면 될 거야. 요즘 애들 포토샵 작살이야."

"그, 그렇긴 하지."

"야, 새끼들아! 자장면 얻어먹은 값은 해야지."

심재명이 말에 모두가 고개를 끄덕였다. 여기에 모인 사람들 중 삼열에게 자장면을 얻어먹지 않은 사람은 없다. 심지어 유승대 감독도 두 번이나 얻어먹었다.

미카엘이 삼열에게 큰돈을 줬기에 인심을 쓸 수 있었던 것이다.

"×발, 반대하는 새끼는 내가 가만 안 둬."

"×까. 너만 반대 안 하면 다 찬성이야, 새끼야."

조영록의 엄포에 심재명이 한마디 했다. 포수 출신의 심재명은 덩치가 좋고 성격이 진중했다. 그런데 프로로 가서 고생하다 보니 입이 거칠어졌다.

"그래. 그럼 하자."

"좋아!"

대한민국에서 제일 먼저 만들어진 팬 카페는 아니지만 최고로 많은 회원 수를 가지게 될 팬 카페가 이렇게 해서 만들어졌다.

한국은 삼열이 메이저리그 올스타전에 출장해 엄청난 공을 던진 것으로 인해 벌집을 쑤신 듯 시끄러워졌다.

특히나 6회를 마치고 3루 쪽으로 가서 금발의 미인과 키스를 한 모습이 방영된 후 삼열은 인터넷과 매스컴의 주목을 더욱 받게 되었다. 사람들은 그녀가 그의 부인이라는 말에 더욱 놀랐다.

20세의 신랑과 24세의 신부를 사람들은 신기해하면서도 마리아의 키스를 받고 더그아웃으로 죽을힘을 다해 뛰는 삼열의 모습을 보고 웃을 수밖에 없었다. 그 모습이 많이 코믹했기 때문이다.

아내에게 키스를 받고 씨익 웃으며 더그아웃으로 전력 질주하는 모습이 원거리에서 샷을 잡아서인지 더 우스웠다.

삼열이 뛴 올스타전은 KBC ESPN에서 하루에 두 번이나 재방송되었고 저녁 뉴스에는 방송 3사의 헤드라인을 모두 장식했다.

특히나 삼열이 마운드에서 내려갈 때 기립 박수를 받는 모습이 두 번이나 보였다.

"와, 정말 대단하다."

단발머리를 한 이수애는 거리에서 흘러나오는 뉴스를 보고 걸음을 멈췄다.

앳되면서도 고고한 인상을 풍기는 그녀는 이제 9시 뉴스를 장식하는 삼열의 모습을 보며 환호하면서도 아쉬움을 토해냈다.

"쳇, 이렇게 일찍 결혼하다니. 반칙이야. 이제 겨우 따라잡았는데."

수애는 삼열이 서울대를 간 것을 보고 죽을 만큼 열심히 공부해서 이번에 수시 전형에 합격했다. 서울대에 가서 시카고 대학으로 교환 학생이나 편입을 생각해 보려고 했는데 삼열이 결혼했다는 소식을 들으니 맥이 빠졌다.

그녀의 작고 예쁘장한 얼굴이 도시의 네온사인 속에서 더 빛났다.

"그래도 대단해!"

이제는 첫사랑의 추억이 될, 아니, 부끄럽게도 짝사랑에 지나지는 않았지만 그 대상이 저렇게 찬란하게 빛나는 스타라는 사실에 섭섭한 마음 뒤편으로 뿌듯함이 자리 잡았다.

'내가 그때 수건을 주었다고 말하면 사람들이 믿어줄까?'

"수애야, 여기서 뭐 해?"

수애의 단짝이 미영이 다가왔다.

"응, 삼열이 오빠 보고 있었어."

"와아, 진짜 대단하다. 네가 그 오빠를 좋아했을 때는 난 네가 미친 줄 알았는데 저렇게 대단한 선수일 줄은 상상도 하지 못했어. 계집애, 사람 보는 눈은 있네."

"그런데 이제 끝이야."

"왜?"

"오빠 결혼했잖아."

"그러네. 뭐, 그 오빠만 한 사람은 또 없겠지만 네 얼굴이면 쫓아다닐 남자가 한 다스는 기본일 거야. 그런데 너 남자들에게 서울대라고 말하지 마."

"왜?"

"남자들은 여자가 자기보다 뛰어난 걸 별로 좋아하지 않거든."

수애는 친구의 손을 잡고 어둠이 짙어 오는 거리를 걸었다.

어쩌면 그녀는 자신의 사랑이 성공할지도 모른다고 생각한 적이 있었다. 그래서 미친 듯이 공부를 했다. 하지만 첫사랑은 이제 돌아오지 못할 곳으로 떠나 버렸다.

아직 어리지만 그녀는 이것이 인생이라고 생각했다. 그러나 그녀는 자신의 사랑이 로미오와 줄리엣과 같은 로맨스도 없고 비극도 없이 한여름의 꿈처럼, 그리고 소나기처럼 왔다가 금방 사라졌다는 점이 불만이었다.

그래도 시작도 못 한 그 사랑 덕분에 남들이 부러워하는 서울대에 간 것은 망외(望外)의 소득이었다. 수애는 희미하게 미소를 지었다.

"우리 나중에 시카고로 배낭여행 갈까?"

"정말?"

"얘는, 당연히 농담이지."

하지만 수애는 미영의 말에 빙그레 웃으며 하늘을 바라보았다.

도시의 불빛에 가려진 희미한 별들이 그녀를 따라 웃고 있었다.

*   *   *

한국의 두 개의 기업, 현영자동차와 삼영전자는 이때가 절호의 기회라고 삼열을 내세운 기업 광고를 대대적으로 했다.

메이저리거인 삼열이 환하게 웃는 모습이 어디를 가나 나왔다. 거리의 광고판, TV에서 삼열은 장동건보다 더 유명한 모델이 되었다.

삼열은 단 한 번도 CF를 찍지 않았음에도 광고료가 통장으로 들어온 것을 보고 놀라 마리아에게 달려가 말했다.

"마리아, 돈이 들어왔어."

삼열이 팔짝팔짝 뛰며 좋아했다.

사실 삼영전자와 현영자동차의 광고주들은 삼열의 인물이 그다지 뛰어나지 않은 점을 직시하고 따로 카메라로 찍기보다는 퍼펙트게임을 하는 장면과 올스타전의 사진을 급히 편집하여 광고를 내보내었다.

삼열이 메이저리그에서 뛰는 모습, 관중들의 기립 박수, 그리고 아이들과 환하게 웃는 모습은 사실 한 편의 드라마였다.

굳이 다른 이미지가 필요 없었던 것이다.

"어머, 그들이 왜 당신에게 광고 촬영을 요청하지 않았을까요?"

"찍어봐야 별 볼 일 없을 것 같으니까 그랬겠지."

"네?"

"마리아, 내 얼굴을 제대로 보고 이야기를 해. 내가 잘생긴 얼굴은 아니잖아."

"나한테는 너무나 멋진 얼굴이에요."

"……."

마리아도 차마 거짓말을 할 수 없어 두루뭉술하게 대답을
했다.

그녀도 눈이 있는지라 평범한 사람들보다 아주 약간 잘난
그의 얼굴을 마냥 칭찬만 할 수는 없었다. 오히려 삼열에게는
남들이 가지지 못한 다른 장점들이 많지 않은가. 그래서 그런
점을 칭찬해 줄 생각이었다.

그러나 정작 삼열은 마리아의 반응에 마음이 상했다. 자신
이 잘생긴 얼굴이 아니라는 것은 알고 있지만, 그렇다고 이렇
게 꼭 티를 낼 필요가 있을까 싶었기 때문이다.

"여보, 삐쳤어요?"

"절대 안 삐쳤어."

"그렇지, 우리 남편이 얼마나 대범한 사람인데요."

삼열은 마리아가 자신을 너무 믿어주자 은근히 섭섭했다.

'씨, 삐쳤는데. 왜 난 삐치지도 못하냐고? 이 돈으로 맛있는
거 사줄 생각이었는데 취소다.'

삼열이 통장을 보고 회심의 미소를 짓고 있는데 마리아의
손이 재빠르게 다가와 그의 손에서 통장을 빼앗아갔다.

'왜?' 하는 표정의 삼열에게 마리아가 웃으며 대답했다.

"인터넷을 보니 한국 부부들은 돈 관리를 주로 아내가 한다고 하더라고요."

"아니, 그건 옛날에나 그랬지, 지금은 안 그래."

마리아의 말에 삼열이 기겁했지만 이미 통장은 마리아의 손으로 넘어간 뒤였다.

"음, 이것도 나름 좋네요. 남편이 벌어온 돈으로 사는 것도."

"씨, 아니라니깐."

삼열은 거실로 가 소파에 팩 토라져 누웠다. 광고 대금으로 들어온 돈은 촬영 한 번 안 하고 번 것이지만, 그렇다고 한 푼도 못 써보고 마리아에게 빼앗긴 것이 아깝지 않은 것은 아니었다.

'아, 망했어. 왜 마리아는 한국 스타일을 그 대목에서 적용하냐고. 아, 그것보다 인터넷이 문제야. 그리고 구글 번역기가 진짜 문제네. 아니지, 번역기가 없으면 한국어를 배울 마리아니 구글 탓도 아니구나. 아~ 망했다.'

삼열은 한숨을 푹 쉬었다. 그런 모습을 보고 마리아가 미소를 지었다.

"여보, 그래도 나 조금만 줘."

"안 돼요. 이 돈으로 집 사야 해요."

"……"

삼열은 겉으로 화가 난 것처럼 행동했지만 속으로 웃었다.

'히히, 한국은행에 넣어둔 돈은 설마 모르겠지?'

결혼한 남자의 로망은 비자금 아니겠는가. 삼열은 소파에 얼굴을 파묻고 키득키득 웃었다.

* * *

올스타전으로 잠시 쉬었던 리그가 다시 바쁘게 돌아갔다.

삼열은 후반기에는 제3 선발로 뛰게 되었다. 성적만으로는 에이스급이었지만 라이언 호크나 다비드 위드도 매우 잘 던졌기 때문이다.

그런데 문제가 생겼다. 후반기 들어서면서 다섯 경기 중 삼열이 던진 경기만 이기고 모두 패한 것이다. 게다가 펄펄 날던 타자들의 공격력이 급격히 무너지기 시작했다.

삼열은 연습장에서 훈련하며 무거워진 팀의 분위기를 띄워 보려고 했지만 소용이 없었다.

이후에도 내리 5연패를 당했다. 삼열도 2실점 패전 투수가 되고 말았다.

그러자 컵스 구단은 7월 31일 트레이드 마감 시한을 남겨두고 라이언 호크를 트레이드할 수 있다고 공시했다. 팀의 분위기가 더욱 좋지 않아졌다.

하지만 라이언 호크의 트레이드가 잘될지는 미지수였다. 그에게는 트레이드 거부권이 있기 때문이다.

박빙의 승부를 벌이는 중부 리그에서 연패를 계속하면서 4위로 내려앉자 구단은 팀의 리빌딩에 무게 중심을 두기로 한 모양이었다.

그렇다고 팀의 에이스마저 판다는 것은 아닌 것 같았다. 어떻게 이렇게 팀이 한순간에 무기력하게 변하게 되었는지 믿을 수 없을 정도였다.

이전과 전혀 다른 팀을 만들겠다는 존스타인의 의지는 확고했다. 그래서 올해 좋은 성적을 내고 있는 레리 핀처와도 재계약을 하지 않을 것이 확실했다.

삼열은 고개를 갸웃거렸다. 컵스 구단의 팜에 좋은 선수들이 많지만 당장 그들을 메이저리그에서 쓰기에는 무리가 많았다.

사실 그들이 메이저리그에 올라와도 잘할 수 있을지 미지수다.

삼열은 후반기에 들어서 마치 저주를 받은 것처럼 팀의 성적이 수직으로 하강하는 것을 지켜보았다.

정말 뛰어난 투수라서 패배는 안 할 수 있어도 승리는 타자의 도움 없이는 불가능하다. 그 역시 맥없기는 피차일반이었다.

삼열은 팀의 분위기가 어떻든 상관하지 않고 묵묵히 연습장에 일찍 나왔다가 늦게 돌아갔다. 그는 자신의 시합이 없는 날에는 동료들의 경기를 보고 재빨리 귀가하여 체력을 조절했다.

원정경기의 연패 뒤 홈에서 2연승을 하고 있지만 이미 포스트 시즌은 물 건너간 지 오래였다. 다른 팀들은 선수를 보강하는 데 반해 컵스는 있는 선수마저 내보내고 있었기 때문이다.

오늘은 연습장에 라이언 호크가 나와 삼열의 옆에서 공을 던지고 있었다. 어제 공을 던져 회복 훈련 겸해서 공을 던지는 그를 보며 삼열은 마음이 착잡했다.

본인이 원해서 트레이드를 하는 것이라면 몰라도 등 떠밀려 가는 것이 어떤 심정인지 너무도 잘 아는 삼열로서는 라이언 호크가 요즘 안쓰럽게 보였다.

삼열이 자세를 가다듬고 있는데 라이언 호크가 언제 다가왔는지 그에게 말을 걸었다.

"자세가 좋군."

"아, 라이언 호크 형."

"넌 여전하구나. 변함없이 훈련에 훈련. 오직 훈련."

"그래야 버틸 수 있죠. 난 99%의 노력이고 1%는 운이에요."

"재능은?"

"노력은 재능을 만들죠."

"하하."

한숨을 내쉬는 삼열의 모습에 라이언 호크가 웃음을 터뜨렸다.

삼열답지가 않았다. 그는 메이저리그의 괴물 투수가 아닌가. 노력으로 무엇이든 할 수 있다면 자신도 그렇게 했을 것이다.

하지만 육체의 한계는 분명히 존재했다.

일정 이상의 무리를 하면 인간의 몸은 발전이 아니라 퇴보를 하게 된다. 심지어는 몸이 망가져 선수 생활을 하지 못하게 되는 경우도 생긴다. 그래서 모든 선수는 메디컬테스트를 통해 적절한 훈련 스케줄을 구단 닥터로부터 받게 된다.

그대로 완벽하게 따라 하지는 않는다 하더라도 대부분의 선수들은 그것을 기초로 해서 훈련을 한다. 피지컬테스트를 통해 얻은 가장 객관적인 처방전이기 때문에 무시할 수는 없다.

단, 구단에 예외인 인물이 두 명 있는데 삼열과 로버트다. 그런데 요즘은 로버트마저 훈련의 양을 줄이고 있었다.

변함없는 것은 삼열뿐이었다.

"뭘 먹으면 너처럼 될 수 있냐?"

"장어, 자라, 검은콩, 연어 등등. 아, 개소주도 먹어요."

"개소주?"

"네. 개나 흑염소를 한약으로 먹는 거죠. 그래도 뱀은 먹기가 좀 그렇더라고요."

"말도 안 돼. 그런 것들을 먹다니."

"하하, 가끔 먹는 거죠. 콩이나 이런 것은 자주 먹고요. 장어 요리도요. 장어는 정력에도 좋으니까 형도 먹어요. 부인이 좋아할걸요?"

"그럴까?"

"요즘 기분이 안 좋죠?"

"그렇지, 뭐. 구단이 나를 필요로 하지 않는 것 같아서 말이야."

"음, 그건 아닐 것 같아요. 단지 다시 형이 FA가 되면 잡기가 힘들다고 판단을 하니 미리 형이나 구단 모두에게 유리한 결정을 하게 하자, 뭐 이런 것 같긴 한데……. 기분이 좋지 않을 것 같긴 해요."

"그래서 LA 다저스 아니면 안 간다고 버티고 있지만 이런 말이 나오면 결국 가게 되더라고. 구단이 나를 필요로 하지 않는다는 것을 알고 있으니 마음이 불편해져서 결국에는 못 있게 돼."

"아아, 그건 그렇군요."

"정말 컵스에 정이 많이 들었는데. 적어도 컵스의 팬들만큼은 환상적이지. 이렇게 지고 있는데도 거의 대부분의 표가 매진되니까 말이야."

"책에서 읽은 건데 리글리 필드가 좀 특별해서 그렇대요. 붉은 벽돌과 담쟁이넝쿨이 있고 수동으로 바꾸는 전광판 보드가 관중의 감성을 자극한다고 하더라고요. 즉, 경기만을 보러 오는 것이 아니라 그냥 즐겁게 오는 거죠. 피크닉 가듯 리글리 필드를 찾는 거예요."

"나도 이곳을 떠나면 그리울 거야."

"갈 거예요?"

"트레이드 이야기가 나오면 대부분 그렇게 돼. 트레이드는 구단이나 선수나 마지막에 꺼내 드는 카드니까."

삼열은 라이언 호크의 말을 듣고 마음이 무거워졌다. 승리를 위해 달려가는 프로 세계의 냉엄함을 보는 것은 기분이 좋지 않다.

*　　　*　　　*

7월이 지나가면서 라이언 호크의 LA 다저스와의 트레이드는 결국 결렬되었고 이후에 다른 팀과의 이야기가 오가는 모양이었다.

8월의 뜨거운 태양 빛이 작렬하는 어느 오후에 라이언 호크가 삼열을 다시 찾아왔다.

"헤이! 삼열. 나 다른 팀으로 가게 될 것 같아."

"그래··· 요? 하아, 어쩔 수가 없네요. 프로니까."

"익숙해져야 해, 프로는 이별에. 그래서 마이너리그에서 분위기를 익히고 오잖아. 전화 한 통에 짐을 싸게 해서 이 바닥이 원래 이런 곳인 것을 알게 해주고 메이저리그에 올려보내니 우리 선수들도 거기에 적응하는 거지."

"어디로 갈 거예요?"

"아직은 확정이 안 되었어. 구단이 에이전트와 이야기를 하는 중인 것 같은데, 그들의 말에 의하면 컵스를 떠나는 게 내 커리어에 좋을 거래."

"그건 맞는 말이죠. 컵스는 매력적이지 못한 팀이에요."

"후후, 그렇긴 하지. 후반기에 이렇게 무너질 줄 나도 몰랐어. 모두 마법에 걸린 것 같았으니까. 이렇게 무기력하게 질 줄은 우리 모두 절대로 몰랐으니까."

"하긴요."

삼열은 라이언 호크와 연습장을 나와 근처 아이스크림 가게에서 아이스크림을 사 먹으며 이야기를 나눴다.

오늘은 다비드 위드가 등판하는 날이라 상대적으로 둘 다 여유가 있었다. 라이언 호크는 몸을 풀었고 삼열은 투구폼을 가다듬는 거라 더 이상 연습장에 갈 일은 없었다.

삼열은 라이언 호크가 가고 나자 작게 한숨을 내쉬었다.

'이별 연습을 해야겠군. 좋은 사람들과 만나고 헤어지는 것을 두려워하면 안 돼. 이곳은 프로의 세계이니까. 난 아마추어가 아니야.'

3. 닥터 마이어의 추가 폭로

　삼열은 빈 아이스크림 통을 들고 다니다가 휴지통을 보고
는 거기에 버렸다. 여름의 뜨거운 열기가 아스팔트를 타고 올
라왔다. 삼열은 8월의 공기를 들이마시며 인생에 대해 생각했
다.

　오늘은 집에 들어가서 좀 쉬었다가 경기에 참석하려는데 또
집 주변에 기자들이 죽치고 앉아 있었다.

　"오늘은 또 뭐야?"

　삼열은 차 안에서 습관처럼 스마트폰을 켜서 자신의 이름
을 입력했다. 자신의 이름 옆에 수십 개의 카테고리가 생기더

니 가장 핫한 이슈가 검색되었다.

—컵스의 삼열 강 선수, 루게릭병에 걸리다.

"아, 젠장. 대체 나한테 왜 이러냐고."

삼열은 차 안에서 소리를 질렀다. 그 소리에 삼열을 알아본 기자들이 다가왔지만 삼열은 문을 열지 않고 클랙슨을 누르며 천천히 전진하여 집으로 들어갔다.

몇몇 기자들은 차를 가로막고 인터뷰를 하려고 했지만 삼열의 눈치를 살피다가 물러섰다.

그의 눈이 맹수처럼 변해 막으면 잡아먹을 것처럼 이글거렸던 것이다.

삼열은 집으로 들어와 컴퓨터를 켰다. 수없이 많은 정보가 전파를 타고 쏟아지기 시작했다.

"이 새끼가 불었군."

레드삭스의 피지컬 닥터였던 닥터 마이어가 삼열을 컵스에 넘긴 이유를 폭로한 것이다. 자신이 해임된 뒤에 벤 케링턴이나 바비 슐츠가 해임될 것으로 여겼지만 구단주가 그들을 연임시키자 마음이 상한 모양이었다.

인터리그에서 컵스와 붙은 레드삭스는 말할 수 없는 모욕을 삼열에게 받았다.

그리고 그것이 약이 되었는지 올스타전이 끝난 후반기 경기에서 8연승을 하는 등 약진에 약진을 거듭하여 아메리칸 리그 동부 지구 2위로 올라섰다. 그러자 단장과 감독에 비판적이었던 여론이 잦아들었다.

'아마도 마이어 박사는 적어도 감독은 해임될 줄 알았나 보지. 그러다가 자기만 해임을 당했으니 억울하겠지. 인간의 마음은 간교하니까.'

삼열은 화가 났다. 왜 하필 자신을 가지고 그러는지.

"젠장, 추수감사절에 처가에 가야 하는데… 망했다."

삼열은 망연하게 있다가 냉장고에서 맥주를 꺼내 마셨다. 그러다가 맥주에 양주를 섞어 마셨다.

"망했어. 젠장!"

삼열은 오랜만에 술에 취해 소파에 뻗어버렸다. 어지간하면 시즌 중에는 술을 절대로 마시지 않는 그였다. 그는 나직하게 신음을 토해냈다.

"젠장!"

삼열은 만약 어떤 일이 터지더라도 처가에 인사하고 난 다음이었기를 원했다. 병에 걸리지 않은 것과 걸린 다음에 완치가 된 것은 전혀 다른 이야기다.

완치가 되었다고 해도 사람들은 재발의 위험성을 생각하기 때문이다.

술을 얼마나 마셨는지 머리가 빙빙 돌며 어지러웠다. 술을 섞어 마셔서 그런지 더 쉽게 취했다. 어쩌면 이런 핑계를 대고 마시고 싶었는지도 모른다.

너무 정신없이 앞만 보고 달려왔다.

꿈의 리그에 서고 싶어서. 그리고 메이저리그의 최정상급 투수가 된 후에도 사이 영을 뛰어넘을 위대한 투수가 되기 위해 긴장을 풀지 않았다. 하지만 그는 이제 막 14승을 거둔 햇병아리 투수에 지나지 않는다.

511승에서 14승을 빼면 497승이 남는다. 현존하는 메이저리그의 경기 운영 방식으로는 도저히 이룰 수 없는 수치다.

통산 511승 316패의 사이 영의 발자취를 그대로 밟아가려면 최소 26년을 메이저리그에서 선수로 뛰어야 한다.

무엇보다 사이 영의 위대함은 22시즌 동안 단 한 번의 부상도 없었다는 것과 815경기에 선발로 등판하여 749경기를 완투했다는 점이다. 그는 진정한 강철 사나이였다.

'그냥 포기할까?'

순간적으로 모든 것이 싫어져 부정적인 생각이 들긴 했지만, 그럴 수는 없었다.

마리아는 이미 자신의 아내였고 둘은 결혼을 했다. 삼열은 그 생각이 들자 퍼뜩 정신이 들었다. 일어나는데 몸이 휘청거렸다. 마셔도 엄청나게 마셨는지 욕실에 들어선 삼열은 어지러워 간신히 벽을 부여잡았다.

그는 옷을 입은 채 샤워기 부스로 가 물을 틀었다. 차가운 물을 맞으며 도대체 자신이 무슨 짓을 벌였는지를 생각하니 우스워졌다.

'죽음을 피한 후에 모든 것을 축복으로 여겼다. 이것도 그렇게 생각하지 못할 이유가 뭔가? 마리아는 내 아내고 난 그의 남편이다. 이보다 더 확실한 증거가 어디 있는가. 난 나의 길을 가면 된다. 흔들리지 않고.'

쏟아지는 물을 맞으며 정신이 들자 그제야 입고 있는 옷이 보였다.

힘겹게 옷을 벗고 물을 맞으니 서늘한 기운에 더 정신이 맑고 또렷해졌다. 샤워하고 나오니 핸드폰이 지잉 하고 울렸다. 액정을 보니 마리아였다.

"여보, 마리아."

ㅡ괜찮아요?

"속이 쓰려."

ㅡ술 먹었어요?

"응."

삼열의 말투에서 이상함을 느꼈는지 마리아가 금방 눈치를 채고 다정한 목소리로 그를 격려하였다.

삼열은 그녀의 목소리를 듣자 마음이 안정되는 것을 느꼈다. 마리아의 목소리를 듣고 있자니 자신이 혼자가 아니라는 것이 느껴졌기 때문이다.

그러자 마음이 아주 편안해졌다. 삼열은 이런 갑작스러운 변화들이 당황스러웠지만 마리아가 있어 행복했다.

'우리 잘해낼 수 있어요. 전 당신을 믿어요'라는 마리아의 말은 잠시라도 흔들렸던 자신을 부끄럽게 했다.

"마누라, 당신에게 충성을 다할게. 당신도 앞으로 내게 잘해."

삼열은 아무도 없는 거실에서 혼잣말로 중얼거렸다. 정신은 돌아왔지만 속이 쓰라린 것은 어쩔 수 없었다.

예전처럼 신성력이 있었다면 잠을 자고 나면 한순간에 다 해결될 터인데 이제는 그럴 수가 없었다. 병이 치료된 것은 반갑지만 은근히 예전이 그립기도 했다.

소파에 누워 잠시 쉬다가 일어나 주방으로 향했다.

너무나 속이 쓰려 수프라도 끓여 먹으려고 하는데 마리아가 도착했다.

'어? 이 시간에 웬일이지?'

삼열은 문을 열고 들어오는 마리아를 보았다.

"여보, 웬일이야?"

"당신 속이 안 좋을 것 같아서 같이 있으려고 일찍 퇴근했어요. 회사에서도 먼저 가보라고 하던걸요."

"아, 그랬어?"

삼열은 마리아의 뺨을 비비며 입술을 빨았다.

"아이, 수프가 타잖아요."

"어, 그러네."

삼열은 마리아의 말에 그녀에게서 재빨리 떨어졌다. 마리아는 수프를 젓더니 삼열에게 주고는 냉장고에서 재료를 꺼내 요리를 하기 시작했다.

삼열은 자신을 위해 요리하는 마리아의 모습이 너무나 좋아 히죽히죽 웃었다. 마리아는 얼마 전에 배운 해물탕을 만들고 있었다.

"여보, 그건 안 돼. 부트 졸로키아를 넣으면 나 죽어."

"아, 맞다. 그렇죠."

마리아는 부트 졸로키아가 든 고춧가루 병을 집다가 제자리에 놓고는 다시 한국인이 운영하는 가게에서 산 한국산 고춧가루를 넣었다.

마리아는 아직 고춧가루에 대해서는 개념이 없는 편이었다. 부트 졸로키아나 한국산 고추나 그녀에게는 먹을 수 없는 음식이기는 매한가지였다.

삼열은 얼큰한 해물탕을 보며 침을 꿀꺽 삼켰다. 마리아는 재료만큼은 아끼지 않는 편이라 그녀가 요리하는 음식은 대부분 맛있었다.

"여보, 간 좀 봐요. 난 볼 수가 없어요."

"알았어."

삼열은 숟가락으로 국물을 떠먹어보고 엄지손가락을 치켜들었다. 약간 매웠지만 얼큰한 것이 위에 들어가자 속이 확 풀리는 것 같았다.

"아주 좋은데."

"정말요?"

"정말 고마워."

"우린 부부잖아요. 내 남편은 내가 챙겨야죠, 호호."

마리아는 기분이 좋은지 소리 내서 웃었다. 그녀가 생각한 것보다 삼열의 상태가 좋아 보였기 때문이다.

달콤한 신혼에 그녀는 행복했다.

이 동양인 남편에게 아주 만족하고 있었고 그녀가 아는 그는 절대 한눈을 팔 성격이 아니었다. 그렇다고 자신을 속이는 짓도 하지 못한다.

그는 천재이지만 완고하리만치 고전적이다. 그러니 지금의 남편과 사랑하는 것을 결코 후회할 일이 없을 것으로 생각했다.

"여보, 어때요?"

마리아가 해물탕을 먹는 삼열을 보고 말했다.

"응, 아주 좋아. 속이 확 풀리는 거 같아. 너무 갑자기 술을 마셔서 그런지 굉장히 취했었거든."

"왜 그렇게 먹었어요?"

"뭐, 이번 건은 어떻게든 또 해결되겠지. 하지만 마리아의 부모님을 만나야 하는데 이런 일이 터졌으니 걱정이었어."

"하아, 정말 사람들이 문제예요. 우리는 가만히 있는데도 마구 흔드네요. 하지만 여보, 우리는 잘해 나갈 수 있어요. 설마 나를 못 믿는 것은 아니죠?"

"믿어, 하늘만큼 땅만큼. 아니, 지구보다 더 믿어."

"그건 좀⋯ 부담스러워요. 그래도 기분은 좋아요."

마리아가 귀엽게 웃으며 말했다. 그녀는 삼열을 보며 다행이라고 생각했다.

얼마 전에는 그의 결혼을 워싱턴 포스트가 폭로했고, 지금은 전(前) 구단의 닥터가 업무상 비밀을 지켜야 할 의무를 위반하고 폭로한 것이다.

고소하고 싶지만 자신이 멜로라인 가문의 딸인 게 한스러울 정도였다.

유수한 가문의 딸이라고 해서 부당한 대우를 받아들여야 한다는 의미는 아니었지만, 이 정도의 문제로 고소하는 것은 충분히 사람들의 입에 오르내릴 일이었다.

대통령도 코미디의 소재로 사용하는 미국에서 단지 사실을 폭로한 것 때문에 액션을 취하기란 쉽지 않았다.

"여보, 우리끼리 그냥 행복하게 살아요. 남들이 뭐라고 하든지요. 내가 부모님에게는 잘 이야기할게요."

"고마워, 마리아."

삼열은 조금 괜찮아진 배를 붙잡고 일어섰다.

유명한 사람이 된다는 것은 그만큼 불편해진다는 의미이기도 했다. 그래도 삼열은 이번 일을 그냥 넘어가고 싶지 않았다.

이런 경우를 대비해서 힘들게 악동 이미지를 쌓아온 것이 아닌가.

"아참, 구단에 오늘 못 나간다고 전화를 해야 하는데."

"호호, 내가 오면서 전화했어요. 당신 오늘 집에서 쉰다고요."

"아, 고마워."

외적인 문제가 생기니 부부 사이가 더 견고해지는 것 같아 삼열은 그 점은 만족스러웠다.

인생은 크고 작은 시련의 연속이다.

모두 평범해 보이고 행복해 보이지만 그 속에는 각자의 문제와 상처를 가지고 살아간다. 그래서 겉으로 드러난 모습만으로 판단할 수 없는 문제가 세상에는 너무나 많이 존재한다.

부부란 같이 살면서 그 힘든 문제를 함께 헤쳐 나가야 한다. 그러면서 인내와 믿음으로 자신의 행복을 스스로 지켜야 한다.

삼열은 행복을 지키기 위해 다시 뛰어야 하는 것을 깨달았다.

루게릭병을 고치기 위해 인간으로서 참기 힘든 고통을 참아낸 것처럼 이제는 사랑을 위해 그래야 하는 것을. 그는 왜 자신의 인생이 이렇게 복잡하게 얽혀 돌아가는지 알 수 없지만, 그렇다고 결코 포기할 생각은 없었다.

지리산에서 절망 가운데 하루 종일 뛰었던 것처럼, 그리고 절망의 깊은 어둠을 파고드는 가느다랗고 희미한 빛에 희망을 품고 온몸을 던졌듯이, 그리고 마침내 원하는 바를 이룬 것처럼 다시 뛰면 되는 것이다.

사이 영이 511승을 하는 동안 그에게 어려움은 없었을까?

그도 시련이 있었을 것이고 그것을 힘들게 이루었을 것이다. 그런데 결과물이 511승이다.

'나도 할 수 있어. 그까짓 것.'

말로는 그까짓 것이라고 했지만 불가능하다는 것을 알고 있었다.

그래도 할 수 없다. 삼열은 승리를 위해서라면 이 정도 허세쯤은 부려야 한다고 생각하며 미소를 지었다.

저녁을 밖에서 먹기 위해 차를 몰고 나가자 기자들이 아직도 가지 않고 죽치고 있는 것이 보였다.

삼열은 창문을 내리고 그들에게 말했다.

"내일 시합 뒤에 봅시다. 그리고 지금부터 여기에 남아 있는 기자님 이름을 알아내서 인터뷰 때마다 욕할 겁니다."

기자들은 삼열의 말을 듣고는 천천히 장비를 챙기며 철수할 준비를 했다.

"하하, 그래도 남고 싶어진다."

"그건 나도 마찬가지라네. 하지만 뒤끝 죽여주는 저 악동의 눈에 찍힐 필요는 없겠지."

"내 말이……."

삼열은 기자들이 물러가는 모습을 보며 기분이 좋아졌다.

운전하는 마리아의 미끈한 다리를 훔쳐보며 삼열은 속으로 침을 삼켰다. 그리고 슬쩍 그녀의 다리 위에 손을 얹었다.

"여보, 거기 내 성감대예요."

"어, 그래? 언제 그렇게 됐어?"

"흥!"

아직도 환하지만, 점차 어두워지는 저녁 하늘을 보며 삼열은 속으로 파워 업을 외쳤다.

삼열은 중간에 해물탕을 먹었기에 이번 레스토랑은 마리아가 좋아하는 곳으로 가자고 했다. 이탈리안 레스토랑에서 파스타를 먹고 싶어 하는 아내를 보며 삼열이 외쳤다.

"마음껏 시켜."

"정말요?"

"술은 안 돼. 흠흠, 그건 인간적으로 너무 비싸."

"아, 포도주 마시고 싶었는데……."

삼열과 마리아는 레스토랑에서 식사하고 영화도 한 편 보고 귀가했다.

야구밖에 모르던 삼열은 시즌 중에 이렇게 영화를 보는 것도 은근히 재미가 있었다. 그의 어두웠던 마음이 모두 풀어졌다.

'그래, 다시 시작하는 거야. 루게릭병에 걸려 죽음을 생각하던 때보다 백만 배는 더 행복해. 다시 뛰자, 죽도록.'

삼열은 피곤해 먼저 자는 마리아의 머릿결을 어루만지며 인생은 행복할 수도, 불행할 수도 있지만 선택은 인간의 몫이라고 생각했다.

삼열은 바람이 느리게 부는 정원의 모습을 보며 마리아의 말대로 집을 사야겠다는 마음을 굳혔다.

*　　　　*　　　　*

다음 날 아침, 마리아는 바쁘게 회사로 출근했고 삼열은 죽도록 러닝을 하고 난 뒤에 연습장으로 가서 투구 밸런스를 체크했다.

생각보다 나쁘지 않았지만 그렇다고 컨디션이 좋지도 않았다.

"어때?"

"아, 그거요? 뭐, 그렇죠."

"후후, 넌 항상 시끄럽네."

"요즘은 형이 더 시끄럽죠."

"그런가?"

라이언 호크가 삼열을 보며 피식 웃었다.

삼열은 라이언 호크가 트레이드되지 않으면 했다. 하지만 내년에 다시 FA가 되는 그를 붙잡기에는 컵스로서는 너무 많은 모험을 해야 한다.

지금은 부동의 에이스지만 그의 나이가 35세라는 것이 문제였다.

올해 1,500만 달러의 연봉을 받는 그는 당연히 FA 자격을 얻게 되는 내년에 다년 계약을 하려고 할 것이다.

나이 든 선수와의 다년 계약이라면 기겁을 하는 존스타인 사장이 그와 계약을 할 리가 없었다. 트레이드 마감 시한을 얼마 남겨두고 있지 않아 구단은 어떻게 하든 그를 처분하고 싶어 했다.

사실 그가 옳았다. 올해 전반기에 컵스는 예상외로 선전했지만 다시 주저앉은 것은 그만큼 시카고 컵스가 기본적인 역량이 떨어져서였다.

"형은 어떻게 할 거예요?"

"텍사스로 가게 될 것 같아."

"텍사스? 그 이상한 구장?"

"하하, 맞아. 투수들에게 불리한. 하지만 내가 텍사스에서 데뷔한 걸 넌 모르지?"

"아!"

"다저스로 가고 싶었지만 텍사스도 나쁘지 않아. 거긴 고향 같거든."

"언제 발표 나요?"

"아마도 내일쯤?"

"......."

"트레이드 시한을 넘기면 포스트 시즌에 등판하지 못하게 돼. 해당 구단도 드래프트에서 픽을 손해 보고 싶어 하지 않을 거고."

"아, 너무 빠르다."

"메이저리그가 원래 그래. 너도 알아둬."

"네."

텁텁한 날씨 탓인지 시간은 느리게 갔다. 삼열이 마운드에

섰을 때는 저녁임에도 더위가 잦아들 기미가 조금도 보이지 않았다.

삼열은 마운드에 서서 모든 마음의 짐을 내려놓고 오로지 공만 던졌다.

이 세상에는 오직 야구밖에 없고 다른 무엇도 없다고 생각하니 집중이 잘되었다. 컨디션이 그다지 좋지는 않았지만 삼열은 피츠버그 파이어리츠를 상대로 승리 투수가 될 수 있었다.

경기가 끝나자 기자들이 구름처럼 몰려들었다. 삼열이 시합을 끝내고 입장을 발표할 것이라는 이야기를 듣고 몰려온 것이다. 감독의 인터뷰가 짧게 있은 다음 삼열의 차례가 왔다.

―오늘 전 레드삭스 소속 닥터 마이어의 주장에 대해 답을 하실 생각이십니까?

―물론입니다. 그리고 그 전에 나는 닥터 마이어를 고소할 것입니다. 그 사람은 규정을 어기고 과잉 진료로 제 유전자를 임의로 검사했습니다. 그리고 이제는 그것을 세상의 모든 사람에게 폭로했습니다. 이번 돌아오는 추수감사절에 처가를 가기로 했는데 이게 무슨 일인지. 뭐, 내가 고소할 것을 그가 예상하지 못했을 것이라고는 생각하지 않습니다. 닥터 마이어, 법정에서 봅시다.

삼열이 말을 마치고 활짝 웃었다. 반드시 법정에서 보자는 사인도 했다.

─그러면 병은 어떻게 된 것입니까?

─없다고 말할 수는 없겠지요. 그렇지 않다면 이렇게 잘난 나를 레드삭스가 컵스에 팔아먹지는 않았을 테니까요. 하지만 이것 하나만 말씀드릴 수 있습니다. 그것은 과거형이고 나는 백 살까지 건강하게 살 것입니다.

─그러면 완치된 것인가요?

─세상에는 수많은 병이 있습니다. 저는 그것 중 하나에 걸렸었고 지금은 그 영향에서 완전히 벗어났다고 말씀드릴 수 있습니다. 더 말하면 법정에서 불리해질 수도 있으니까 법리 싸움이 끝나면 다시 말씀드리겠습니다. 그전에 기자님들도 추측이나 자료를 가지고 쓰시면 골치 아프게 될 것입니다. 나는 당당합니다. 결코 숨기지 않을 것입니다. 그러니 여러분도 약간의 인내심을 가지고 기다려 주시기를 바랍니다. 오늘은 이만했으면 합니다.

삼열의 말에 기자들은 고개를 끄덕였다.

직설적으로 말하지는 않았지만 귀가 있다면 삼열이 한 말이 무엇인지 명확하게 알 수 있을 만한 이야기였다. 그러니 더 이상 질문을 하고 말고도 없었다.

그가 소송한다고 했으니 기다리면 되었다. 덕분에 기삿거리는 넘쳐날 것이다. 그런 생각을 하며 기자들은 미소를 지었다.

*　　　*　　　*

시간이 빠르게 지나갔다. 닥터 마이어와의 소송도, 작은아버지와의 소송도 쉽게 끝나지 않았다.

이해관계가 명백하게 대립하다 보니 법리 논쟁이 치열했던 것이다.

특히 닥터 마이어의 경우는 제삼자를 통한 폭로라 더욱 치열했다.

그는 믿을 수 있는 사람에게 이야기했고 그가 언론에 발설했다는 것이다.

신경전도 검사 및 근전도 검사를 한 것은 시인했지만 그 의도 역시 선의라고 했다. 병을 빨리 발견하면 그만큼 더 치료가 빨라지니 이것은 의사로서 마땅히 해야 할 행위라고.

그리고 삼열의 병을 레드삭스 구단에 보고했지만 그 정보를 나쁘게 사용한 것은 구단이지, 자신은 아니라고 했다.

병이 있는 선수를 구단에 보고한 것은 구단의 닥터로서 지극히 당연한 일이고 이를 부당하게 이용한 것은 완전히 구단의 결정이었다고, 자신은 삼열의 병에 대해서는 의학적인 소견을 말했을 뿐이라는 것이다.

메이저리그 최고의 투수가 될 가능성이 높은 투수를 레드삭스가 왜 트레이드시켰는지에 대해 침묵을 지키고 있었기에 그는 이를 지인에게 사적인 자리에서 말했을 뿐이라고 했다.

삼열은 담당 변호사에게서 그들의 말을 전해 듣고 기가 막혔다.

법이란 귀에 걸면 귀걸이, 코에 걸면 코걸이라는 말이 있었지만 설마 그들이 이렇게 말을 할 줄은 또 몰랐다. 하지만 그들이 주장하는 말의 허점은 그렇게 알게 된 병명을 삼열에게 단 한 번도 통보하지 않았다는 것이다.

한국에서의 소송도 삼열에게 유리하게 돌아가지는 않았다.

사실 누가 봐도 삼열의 승리가 명백했다. 미성년자인 조카를 대신하여 유산을 관리하는 것은 어디까지나 재산의 보존에 그쳐야 한다. 그것을 대리인이 임의로 처분할 수는 없다.

여기까지는 이론의 여지가 없었다.

그런데 문제가 발생했다. 대부분의 재산을 이미 써버렸거나 부인과 아들 이름으로 명의 이전한 것이다. 삼열은 그 이야기를 듣고 분노했다. 그리고 모든 가능한 방법을 동원하여 부모님이 남겨주신 유산을 되찾을 수 있도록 해달라고 변호사에게 이야기했다.

형사 처벌이 가능한 배임과 횡령으로 처리하라면서.

돈 욕심에 조카를 버린 비정한 인간을 작은아버지로 인정하고 싶은 생각은 눈곱만큼도 없었다.

마침내 메이저리그의 모든 경기가 끝났다. 삼열은 데뷔 첫 해에 23승 4패를 했다.

그는 다승 부문을 제외한 모든 부문에서 1위를 했다. 엄청난 성과였다. 신인상은 물론 사이영상도 그의 몫이라는 데에는 이론의 여지가 없었다.

다승 부문에서는 R디메인이 24승으로 1위를 했지만 그의 평균 자책점은 2.88이었다. 삼열의 0.98과 비교하기에는 무리가 있었다.

시카고 컵스는 후반기에 다시 힘을 내 지구 3위로 시즌을 마쳤다. 라이언 호크가 텍사스로 트레이드된 것치고는 근사한 성적이었다.

리그가 끝난 후 추수감사절까지는 거의 두 달에 가까운 시간이 남았지만 삼열은 초조하기만 했다. 즐거워야 할 추수감사절이 마치 지옥으로 가는 열차처럼 느껴졌다.

결혼을 하려다가 한 번 거절을 당했었기에 그 두려움은 더욱 컸다.

다만 위안이 되는 점은 이미 마리아와 결혼해서 부부가 되었다는 점이다.

막말로 쌀이 익어 밥이 되었는데 어떻게 하겠는가. 마리아가 한적한 교회에서 자신에게 청혼하고 결혼식을 한 것이 큰 위안이 되었다.

삼열은 모든 인터뷰를 거절하고 쉬면서 한껏 달아오른 몸을 풀어주며 다음 시즌을 준비하려고 했다. 그러면서 처가를 방문할 때 무엇을 어떻게 해야 하는지 미국인들에게 물어보았다.

"준비? 뭐, 꽃이나 한 다발? 아님 샴페인이나 포도주 한 병 정도?"

열 명에게 물어봐도 대부분 답이 비슷했다.

미국인들은 남에게 공짜로 뭘 얻는 것을 이상하게 여기는 경향이 강했다. 그들은 독립적으로 사고하며 성인이 되면 부모에게 금전적 지원을 받지 않으려고 한다. 그 대신에 결혼이나 살아가는 삶의 스타일은 자신이 주체적으로 결정하기를 원한다.

"그게 뭔가? 부모가 자식의 인생을 대신 살아주는 것도 아닌데."

이미 결혼한 사람들은 삼열에게 이처럼 이야기했다. 장인과 장모에게 잘 보이고 싶어 사람들에게 물어봐도 대부분 답은 한결같았다.

"도대체 왜 그러는데?"

이렇게 대답하는 사람들 때문에 삼열은 더 이상 조언을 구하는 것을 포기하고 마리아에게 물어보았다. 그녀도 비슷한 말을 했다.

"아, 엄마가 프리지아를 좋아해요."

"그게 다야?"

"뭐가 더 필요해요?"

"그렇구나. 그러면 뭘 입고 가야 해?"

"그래도 처음 만나는 것이니 재킷 정도는 입어야 하지 않을까 해요. 사적인 자리이니 격식을 차릴 필요는 없지만, 그래도 아빠가 정장을 입는 것을 선호할 것 같아요."

"그래……?"

"하지만 엄마는 내추럴한 것을 좋아해요."

"아, 나보고 어떻게 하라고?"

"호호, 그러니 그냥 자기에게 잘 어울리는 옷을 입으면 돼요."

"그렇군."

삼열은 요즘 문화적 차이를 확연하게 느끼고 있었다. 그리고 처가를 방문하는 일에 자신이 지나치게 긴장하고 있는 것도 알았다.

미국의 명문가는 좀 다르기는 하지만 삼열 정도면 꿀릴 게 없으니 걱정하지 말라는 주변의 이야기를 여러 번 듣고서야 다소 마음이 놓였다.

"여보. 그런데요, 샘슨 사가 당신에게 CF 찍을 거냐고 물어보는데요?"

"당연히 찍어야지."

삼열은 지체하지 않고 즉각적으로 대답했다.

"그럼 몇 개나 찍을 수 있어요?"

"다 찍어야지."

"어떻게 그렇게 해요."

"왜? 벌 수 있을 때 땡겨야지."

"땡겨요? 호호, 조금 과장하면 광고 의뢰가 들어온 곳이 백 개도 더 돼요."

"헐~!"

삼열은 리그 중에는 한국의 기업 두 개와 광고를 계약했고, 게토레이는 계약은 되었으나 촬영은 시즌이 끝난 이후로 미뤄졌다.

삼열은 광고 촬영이 쉽지만은 않은 것을 나중에 관계자에게 들어서 알게 되었다. 광고를 찍게 되면 연습 시간을 빼앗긴다는 점이 가장 큰 문제였다.

그리고 광고주는 모델이 겹치는 것을 무척이나 싫어한다. 많은 돈을 지출하는 이유 중의 하나는 모델에 대한 독점적 권리를 가지고 싶어서다. 그래서 계약서에 동종 업계의 광고는 배제하게끔 서류를 작성한다.

미국 기업이나 다국적 기업의 계약서는 까다로웠지만 한국 기업의 계약서는 간결한 편이었다.

경쟁사의 모델만 하지 않으면 만사 오케이였다. 그래 봐야 타이거 우즈가 벌어들이는 것에 비하면 껌값이었지만.

스포츠 스타의 수입 대비 광고료를 보면, 한 해에 타이거 우즈가 우승 상금으로 벌어들인 돈이 2천만 달러 정도 되는데 광고 수익은 7천만 달러나 된다.

필 미켈슨 역시 우승 상금 1천만 달러에 광고료가 5천만 달러, 알렉스 로드리게스가 연봉이 3,300만 달러에 광고료가 400만 달러 정도다.

같은 스포츠라도 골프가 거의 황제급 대우를 받는 반면 야구는 그렇지 않다. 농구가 야구보다는 훨씬 더 좋은 대우를 받고 있다. 예를 들면 르브론 제임스는 연봉이 1,570만 달러에 광고료가 3천만 달러, 샤킬 오닐이 연봉 2,100만 달러에 광고료가 1,500만 달러에 달한다.

이러한 사실을 들어서 알고 있는 삼열은 별로 신경 쓰지 않았다.

그놈들은 내공이 높은 놈들이고 자신은 이제 데뷔 1년 차 햇병아리다. 욕심을 부리는 것 자체가 말이 안 되는 일이었다.

'뭐, 광고를 많이 찍으면 되지. 한 달간 몰아서 찍고 나머지

달에는 죽도록 연습하는 거야.'

삼열은 마음 편하게 생각하기로 했다. 자신은 위대한 메이저리거가 될 것이다.

돈을 좋아하지만, 그렇다고 만사 제쳐 놓고 달려들 수는 없다.

모든 세상일이 그러하듯 본업에 성과가 없으면 다음의 광고는 그대로 사라지게 된다.

"여보, 마리아."

"네."

삼열이 부르자 마리아가 상냥하게 대답했다. 그녀의 눈에도 돈이 막 굴러오는 것이 보였기 때문이다. 그 표정은 '우리 남편 최고!'라고 말하고 있었다.

"음… 당신이 알아서 가능한 많이, 그리고 시간은 적게 돈은 많이, 이렇게 에이전트 사와 이야기를 해봐."

"아, 쉽지 않은 조건이네요."

"저번에 삼영전자나 현영자동차도 촬영은 하지 않고 광고가 나갔잖아."

"그렇긴 하지만 그런 광고가 쉽게 잡히겠어요?"

"이번엔 힘들겠지. 하지만 촬영 준비를 모두 세팅해 놓은 다음에 가서 가볍게 찍는 것으로 해. 김연아 선수만큼은 못 벌어도 한번 시도는 해봐야지."

"아, 그 올림픽 금메달리스트요?"

"어."

"그녀가 많이 벌어요?"

"음, 일 년에 약 천만 달러 정도?"

"와아, 대단하다."

"뭐 그 정도는 나중에 내 연봉으로만 해도 커버가 될 거야."

"하긴, 당신이 FA 자격을 취득하게 되면 더 많은 연봉을 받게 되겠죠. 하지만 버는 돈보다는 어떻게 사느냐가 훨씬 더 중요한 거 알죠?"

"그, 그럼. 쿨럭."

"아, 여보. 그런데 이웃집 할아버지의 손자 어떻게 해요?"

"왜?"

"아프대요."

"그런데……? 그 아이의 부모가 있을 거 아니야?"

"있는데 1년 전에 실직해서 의료 보험료를 넣지 못한 모양이더라고요. 그 아이, 소아암에 걸렸어요."

"저런, 가엾네."

삼열은 고개를 끄덕이며 동조했다. 그러자 마리아가 조심스럽게 말을 꺼냈다.

"얼마 전에 티셔츠를 판 돈이 입금되었어요."

"얼마나 들어왔어?"

"직접 봐요."

마리아가 통장을 보여줬다. 삼열은 통장에 찍힌 숫자를 보고는 입을 벌렸다.

"와아, 대단하네. 이게 다 우리 거군."

"아니죠. 당신이 이 돈의 60%는 아이들을 위해 쓴다고 했었잖아요."

"그렇게 말하긴 했지."

"여보, 당신 그 마음 아직도 변하지 않았죠?"

"무, 물론이지."

삼열은 통장에 적인 0의 행진을 보며 말을 더듬었다.

솔직히 아까웠다. 그런 그를 보며 마리아가 피식 웃었다. 그녀는 삼열의 이런 모습이 오히려 좋았다. 너무 솔직해서 더욱 인간적으로 보였다.

"그 돈으로 애덤스 씨의 손자를 도와줬으면 해요."

"아, 그런데 그분의 손자는 내 팬인가?"

"음, 그는 알래스카에 살아요."

"그러면 안 돼. 내 팬들이 사준 티셔츠인데, 내 팬이 아니면 도와줄 수 없어."

"아니, 그런 억지가……."

"당연히 여기에 있지."

삼열은 마리아의 요청에도 눈 하나 깜빡이지 않았다.

그는 박애주의자가 아니다. 팬이 사준 것을 고마워하며 그 수익의 일부를 팬에게 다시 돌려준다는 의미다.

그의 팬 중에도 아픈 아이들은 많이 있을 것이니 자신을 모르는 아이들을 도울 이유가 없다. 자신을 좋아하는 팬 중에 아픈 아이들을 도와줄 돈으로도 모자를 테니 말이다.

"그럼 어떻게 해야 해요?"

"나의 팬이거나 적어도 나를 무척 존경해야지."

"……."

마리아는 삼열의 말을 듣고 재빨리 삼열의 의도를 눈치챘다. 그러고는 빙그레 웃었다.

이것은 말로는 안 도와주겠다고 하지만 뒤로는 도와주겠다는 말이기도 했다. 혹시 그 아이가 삼열의 팬이 아니라면 삼열을 존경하면 된다. 그런데 아무리 어린아이라 하더라도 자신의 목숨을 구해주는 사람을 존경하지 않을 이유가 없다.

하루아침에 강제로 좋아하게 만들 수는 없어도 존경심은 그렇지 않다.

'애덤스 부인에게 말해 그 소년이 삼열 씨를 존경하게 만들면 되겠구나.'

자신을 위해 수술비를 내주는 상황에서 존경하는 게 뭐가 힘들겠는가.

그리고 마리아는 자신의 남편이 충분히 존경받을 만한 사람이라고 생각했다.

지금도 말로는 돕지 못한다고 하면서도 다른 한편으로는 도울 수 있는 방법을 친절하게 설명해 주고 있지 않는가.

며칠 뒤, 삼열은 막스 애덤스 씨와 에레나 애덤스 부인을 만나 이야기를 나눴다. 그리고 그들의 사정을 들었다.

유복해 보였던 노부부도 손자를 위해 애를 썼지만 도울 방법이 별로 없었다. 실제로 그들 부부 역시 연금에 의존해서 살아가고 있었기 때문이다.

삼열은 병원에서 막스 애덤스 씨의 손자를 만나보았다.

추레한 옷을 입은 아이의 아버지와 혈색이 창백한 부인이 병실에서 발만 동동 구르고 있었다. 수술하려고 해도 비용이 천문학적이어서 할 수가 없는 상태였다.

그런데 암 수술은 한 달만 늦어도 사망률이 급격하게 올라간다. 그러니 부모는 애가 타는 것이다.

삼열은 병원 침대에 누워있는 작고 얼굴이 하얀 아이를 바라보았다.

"하이, 조나단."

"와아~ 삼열 강 선수다."

"나를 아니?"

"그럼요. 엄청 존경해요."

"······?"

삼열은 아이의 표정을 보고 자신에 대해 그다지 잘 알지 못한다는 것을 알아차렸다.

아이들이라고 모두 야구 선수를 좋아하는 것은 아니다. 어떤 아이는 농구를, 어떤 아이는 미식축구를 좋아한다.

삼열은 아이의 하얗고 창백한 얼굴과 황소같이 커다란 눈을 보니 마음이 아팠다.

"너는 뭐가 되고 싶어?"

"의사요. 그래서 나처럼 아픈 아이를 고쳐 주고 싶어요."

"그래, 넌 의사가 될 수 있을 거야. 그때 정말 아프지 않게 사람들 고쳐 줘야 한다."

"그럼요."

조나단이 창백한 얼굴로 웃었다.

비단처럼 곱고 팽팽해야 할 아이의 피부가 웃을 때 노인의 그것처럼 늘어졌다. 삼열은 아이의 모습에서 자신의 어린 시절의 모습을 보았다. 그래서 마음이 더 아팠다.

하지만 아무리 마음이 아파도 세상의 모든 아이를 도와줄 수는 없다.

무엇보다 삼열은 천사도 아니고, 또 알지 못하는 사람을 돕는 것도 말처럼 쉬운 일이 아니다.

조건 없이 도우면 존경을 보내는 것이 아니라 오히려 그것을 이용하려는 사람들이 생겨날 수 있고, 어떤 이들은 도움을 받고도 고마워하지 않을 수 있다.

도와주고 나서 진심으로 고맙다는 말은 들어야 하지 않겠는가. 그래야 사람은 실망하지 않고 착한 일을 계속할 수 있게 되는 것이다.

"병이 나으면 엄마 아빠와 행복하게 살아야 한다."

"네에."

삼열은 아이의 뺨을 손으로 살짝 쓰다듬었다. 손끝에 병으로 인해 고통을 받고 있는 아이의 영혼이 느껴지는 듯해서 얼른 고개를 돌렸다.

옆에 있는 마리아의 눈시울도 붉게 변해 있었다.

병실을 나오는 창밖에는 붉은 노을이 피를 뿌린 듯 가득했다.

산에서 보았다면 정말 그림같이 아름다운 광경이었을 것이다. 하지만 병원에서 바라보니 아픈 사람들의 눈물 같았다.

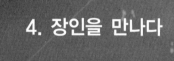

4. 장인을 만나다

삼열은 두려움에서 벗어나기 위해 뛰었다. 마치 세상의 종말이 온 것처럼 뛰고 또 뛰었다. 그리고 피처럼 흘러내리는 땀방울을 보며 깨달음을 얻었다.

인생에는 사람의 의지로 되지 않는 것들이 있음을 인정해야 하며, 그런 것은 욕심을 부려봐야 소용이 없다는 것을 인정해야 한다.

최선을 다하고 난 뒤 결과는 하늘에 맡겨야 한다. 그것을 인정하자마자 삼열은 마음의 평안을 되찾았다.

삼열은 조나단의 수술을 지켜보면서 귀엽고 예쁜 마리아나를 다시 한 번 생각하게 되었다. 운명의 신은 나이가 어리다고 봐주지 않는다. 그러니 사람은 될 수 있는 한 서로 돕고 살아야 한다.

삼열은 자신의 트위터에 조나단의 수술 일정과 과정을 적어놓고 쾌유를 빌었다.

처음으로 수술비를 지원하며 더 좋은 세상이 되기를 바란다고 적었다.

그러자 댓글들이 쏟아졌다.

—헉, 대박이다. 이런 좋은 일도 하다니! 파워~ 업 악동 다시 봤음.

—파워 업의 성과로군. 앞으로도 좋은 일을 많이 하길 바람.

—삼열 강 선수, 이러다가 메이저리그 최고 투수보다는 최고의 인간이 되는 거 아냐?

그의 행동에 대해서 대부분 좋은 이야기들이 적히기 시작했다.

그러나 항상 좋은 쪽으로만 생각하는 사람이 있는 것은 아니었다. 삐딱하게 보는 사람들도 간혹 있게 마련이다.

—이런 일을 꼭 밝혀야 하나? 꼭 자기의 선행을 자랑하려는 듯. 결국 티셔츠를 더 많이 팔아달라는 소리?

그러자 그 코멘트에 대한 반박들이 일어났다.

―넌 항상 그렇게 세상을 꽈서 보냐? 졸라 재수 없어.

―삼열 강이 기독교인이냐? 오른손이 한 일을 왼손이 모르게 해야 할 이유가 있나?

―넌 일 년에 단 한 번이라도 남을 위해 기부금이라도 내봤냐? 그리고 파워 업 맨이 자신의 수입을 자신이 좋은 곳에 쓴다는데 뭐가 문제냐?

삼열은 자신의 말에 대응하는 사람들을 보며 미소를 지었다.

세상에는 다양한 종류의 사람들이 살아간다. 선한 일이라도 반드시 반대하는 사람이 있게 마련이다. 그런 사람에게 일일이 분노할 필요는 없다.

삼열은 그런 그들의 모습을 보며 오히려 행복했다. 어차피 착한 일을 하려는 의도는 아니었다. 그런 생각으로 한 것은 절대 아니었다.

조나단이 불쌍하기도 했고 동정심이 생긴 것도 맞지만, 그렇다고 무슨 선한 마음이 갑자기 생겨서 한 것은 아니었다. 할 수 있으니 그냥 한 것뿐이다.

삼열은 자신이 떠들어서 세상 사람들이 알아주기를 바랐다.

악동도 남을 돕고 사는구나, 하고. 그래서 그들도 이 일에 동참하기를 원했다.

아무리 잘난 사람도 혼자서 모든 일을 할 수는 없으니 같이할 동료를 구하는 것은 매력적인 일이다.

솔직히 그를 아는 팬들이 티셔츠를 팔아주든지 아니면 기부금을 내는 형태이든지, 삼열이 혼자 하는 것보다 여러 사람이 같이 하는 것이 더 효율적인 것은 틀림이 없다.

그리고 삼열은 자신이 남을 도왔다는 사실을 드러내는 것을 부끄러워하지 않았다. 왜냐하면 남을 돕는 것은 부끄러운 일이 아니기 때문이다. 그러니 숨길 이유가 하나도 없는 것이다.

다음 날 삼열은 SNS에 글을 적었다.

―티셔츠를 판 돈으로 아픈 조나단을 도왔다. 내가 이 사실을 숨겨야 하는 이유라도 따로 있나? 네 눈에는 이것이 숨겨야 할 도둑질이나 파렴치한 일로 보였니? 그리고 이런 일은 의도야 어떻든 존중받아야 하지 않겠음?

확실히 할 게 있는데, 이 일은 나 혼자 한 일이 아냐. 티셔츠를 사준 나의 고마운 팬들과 함께한 일이다. 티셔츠가 팔리지 않았으면 시작도 못 했을 일이야. 그건 사실이야. 그리고 이번 일은 아내와 처음부터 약속하였었지. 아, 물론 티셔츠 많이 팔리면 나

에게 떨어지는 것도 많아. 그러나 혼자 꿀꺽하는 것보다는 내가
이렇게 하는 것이 낫지 않나?

　삼열의 이런 행동은 금방 세간의 관심을 받았다. 연일 수많
은 기자가 인터뷰를 요청하기 시작했다.
　삼열은 인터뷰 일정이 잡히는 족족 나가서 파워 업 티셔츠
를 선전하면서 우리 사회가 어린아이들의 질병에 책임 의식을
가져야 한다고 역설했다.
　삼열은 오프라 윈프리 쇼에도 초대되었다.
　그는 그녀가 17세에 시카고에서 방송을 처음 시작한 것을
알고 있기에 기꺼이 나갔다. 이 쇼에는 톰 크루즈, 마이클 잭
슨 등 세계적인 스타들이 출연하기도 했다.
　삼열은 그 쇼에 나가 솔직하게 자신의 생각을 이야기했다.
　―최근에 조나단이라는 남자아이의 수술비를 대주었다면서
요?
　―네. 아내가 간절하게 도와주기를 원했습니다. 이웃집 할
아버지의 손자였거든요. 난 이 아이를 도운 것을 부끄러워하
지 않습니다. 그리고 그 일은 솔직히 말하면 제가 한 일은 아
니었죠. 팬들이 티셔츠를 사주지 않았다면 불가능한 일이었습
니다.
　―일각에서는 티셔츠를 더 많이 팔아먹기 위한 제스처라는

말이 있던데 어떻게 생각하나요?

—그것도 틀리지는 않은 말입니다. 티셔츠가 많이 팔리면 그만큼 또 뭔가를 할 수 있겠죠. 전 많이 팔리는 대로 아이들을 도울 생각입니다.

—메이저리그의 구단이 아픈 아이들을 위해 도움을 줘야 한다는 말도 했다고 하던데요.

—그렇습니다. 팬들에게 사랑을 받으면 그만큼 환원을 해야죠. 구단이 선수들의 연봉에만 투자하는 것은 부도덕한 일입니다. 구단은 TV 중계권과 입장료 수입, 그리고 각종 수익 사업을 통해 천문학적인 돈을 벌고 있지만 뚜렷하게 하는 일은 없지요. 거지같은 짓입니다.

—그렇다면 삼열 강 선수도 앞으로 고액 연봉자가 될 텐데 그런 사실 자체를 거부한다는 말은 아닐 테고, 어떻게 생각하시나요?

—개별적인 계약에 대해서는 제가 선수나 구단에 뭐라고 할 말은 없습니다. 또 말할 입장도 못 되지요. 어떤 구단의 고위층에 있는 꼴통들은 많은 투자를 하면 팀이 좋은 성적을 거둔다고 생각하는데, 물론 그것은 틀린 말은 아닙니다. 하지만 그렇게 돈지랄을 해서 우승하는 게 자랑스러운 것은 아니죠. 저도 계약할 것입니다. 하지만 지나치게 긴 다년 계약은 하지 않을 생각입니다. 그것은 구단과 제 자신 모두에게 압력을 가

하는 일입니다. 내가 10년 후의 일을 어떻게 알겠습니까? 그래서 5년 이상의 다년 계약은 절대로 하지 않을 생각입니다.

삼열의 말에 오프라 윈프리가 미소를 지으며 개인적인 것들을 질문하기 시작했다.

─한국인이신데 미모의 백인 여성과 결혼을 하셨죠? 그것도 멜로라인 가문의 딸과요. 어떻게 된 것이죠?

─미국에서 살면서 미국 여자와 결혼하는 게 이상한가요? 나의 아내는 아름답죠. 하지만 성격이나 인품은 더 아름답습니다. 그러니 나처럼 욕심이 많은 남자가 그녀를 놓칠 리가 없죠.

─아, 정말 부러운 칭찬이군요. 결혼 전에는 멜로라인 가문의 딸이라는 사실을 알았나요?

─그렇지는 않았습니다. 아시다시피 난 고아라 용기를 낼 형편이 아니었죠. 그래서 내 아내가 먼저 용기를 냈습니다. 여보, 마리아. 앞으로는 내가 당신을 위해 용기를 낼게요.

─놀라운 부인 사랑이군요. 그렇다면 그 화제의 주인공을 초대해 보겠습니다. 마리아 강 부인입니다.

삼열은 오프라 윈프리의 말에 어리둥절한 표정을 지었다. 아침까지 마리아에게 이 쇼에 참가한다는 말을 듣지 못했었다.

물론 최근에 그녀가 무엇 때문인지는 몰라도 다소 들떠 있는 것을 알고는 있었지만 그게 이 쇼에 참가하기 때문인 줄은 몰랐다.

마리아가 나오자 관중석이 순간 웅성이기 시작했다. 마리아가 화사한 옷을 입고 아름다운 모습을 드러냈기 때문이다.

마리아는 윈프리와 인사를 하고 나서 삼열의 입에 살짝 키스했다.

―마리아 강 부인, 혹시 마리아라고 불러도 될까요?

―물론이에요. 전 엄마의 뱃속에서 나온 뒤로 쭉 그 이름으로 불리었어요.

―고마워요, 마리아. 남편에 대해 한마디로 말한다면?

―내 사랑! 그렇게 말하고 싶네요.

―멜로라인 가문 출신인데 왜 그 사실을 삼열 강 선수에게 말을 하지 않았나요?

―내가 남편을 사랑하는 이유는 내 가문과 아무 상관이 없었기 때문입니다. 나는 남편을 보고 곧 사랑에 빠졌으니까요.

―아, 부럽습니다.

마리아는 의외로 TV쇼에서 그녀 자신의 생각을 숨기지 않고 차분하게 이야기했다.

삼열은 그런 그녀를 보며 교육의 힘에 대해서 다시 생각하게 되었다.

마리아는 어릴 때부터 인문 고전을 읽으며 자랐다. 세상의 위대한 정신을 소유한 저자들의 책들을 원어로 읽으며 통찰력을 키웠다.

그리고 그녀 역시 끊임없는 노력으로 자신의 인생을 자신이 원하는 대로 살아가고 있다.

사람들은 마리아의 뛰어난 아름다움과 사랑의 방법에 대해 감탄하며 즐겁게 들었다.

삼열은 처음으로 자신의 아내가 말을 참 잘한다고 생각했다.

오프라 윈프리 쇼가 끝난 뒤 삼열은 추수감사절까지 기다릴 이유가 없음을 깨달았다.

그는 병원으로 가서 검사를 받아 그 결과를 가지고 처가로 가능한 빨리 가기로 했다. 마리아는 이러한 삼열의 변화에 놀라워했지만 말리지는 않았다. 삼열은 미소를 짓는 마리아를 보며 생각했다.

'피할 수 없으면 즐겨야지. 사랑하는 사람의 부모인데 내가 두려워할 이유가 어디 있단 말인가.'

결국 마리아는 전화로 삼열의 이러한 생각을 부모님께 이야기하고는 돌아오는 주말에 방문하기로 했다.

삼열은 백화점에 가서 새로 재킷을 구입하고 선물도 샀다. 그리고 비행기로 워싱턴까지 날아갔다.

끝없이 펼쳐진 거대한 저택의 크기에 삼열은 놀라 눈을 떼지 못했다. 비록 워싱턴 교외라 해도 엄청난 규모의 저택이었다.

정문을 통과하고서도 10분이나 차를 타고 더 들어가서야 내릴 수 있었다. 넓고 아름다운 정원과 잘 정리된 저택은 백 년도 더 전에 지어진 것으로 보였지만 정말 멋진 모습이었다.

'한마디로 굉장하군.'

현관문이 열리자 마리아를 닮은 여자가 나와 환한 웃음을 머금고 맞이하였다.

"엄마!"

"오, 마리아. 나의 딸."

아마도 마리아가 2, 30년 후에는 저런 모습이 되지 않을까 하는 상상을 하게 만드는 부인이 삼열을 향해 다가와 가볍게 껴안고 환영했다.

"어서 와요. 내 딸의 남편, 그리고 나의 사위!"

"삼열 강이라고 합니다, 장모님!"

"생각보다 잘생겼네요."

"엄마는. 당연히 내 남편인데 잘생겼지."

"호호. 딸아, 그것은 현명한 말이 아닌 것 같구나."

"그렇다는 이야기예요. 그런데 아빠는요?"

"아빠는 서재에 있단다. 난 사위 얼굴을 빨리 보고 싶어 먼저 왔지만 우리 그이는 점잖은 성품이라 그런 일은 하지 않지."

"커험, 누가 그렇단 말이오? 나도 내 딸을 보고 싶어 나왔소."

존 메이어 멜로라인이 어느새 나왔는지 삼열을 못마땅한 눈으로 살펴보면서 딸을 보고는 웃었다.

"아빠!"

마리아가 존 메이어의 품에 안기며 애교를 부렸다. '아빠, 보고 싶었어요. 어디 아픈 데는 없죠?'라는 말을 늘어놓으면서.

삼열은 그런 마리아를 보고는 약간 놀랐다. 딸은 아버지와 잘 통한다고 하더니 삼열을 못마땅하게 보던 존 메이어가 어느새 자신의 딸에게는 무장 해제를 당했다.

사라는 딸과 남편을 번갈아 보며 미소를 지었다. 자신의 남편은 유독 딸에게 약했다.

마리아의 애교가 통했는지 존 메이어가 삼열을 보더니 환영한다는 말을 하고는 거실로 갔다. 생각보다 따뜻한 환대를 받아 어리둥절해하는 삼열에게 사라 멜로라인 부인이 말했다.

"우리 남편은 딸에게 약하니 걱정하지 말아요, 사위!"

말을 하고 나서 사라는 미소를 지었다.

머리 모양이 올리비아 핫세를 닮았는데 굉장히 잘 어울렸다. 물론 외모는 달랐다.

"남편은 정치가라 대놓고 사위를 반대하지는 못할 거니 안심해요. 그러니 긴장을 풀고 즐겨요."

"네, 장모님."

"호호, 내가 듣기로는 악동이라고 했던 것 같던데 그게 아니었나 보네요?"

"악동도 자리는 가립니다."

"호호, 걱정하지 말아요. 난 이미 사위 편이니까. 파워 업!"

사라는 삼열이 했던 포즈를 흉내 내어 소리쳤다. 그러자 존 메이어와 마리아가 뒤를 돌아보았다.

"여보, 그렇게 노력하지 않아도 되오. 저 녀석은 그래 봐야 우리의 귀여운 딸을 훔친 도둑놈에 불과하니까."

"어머, 내 마음도 지금 빼앗기고 있어요."

사라의 농담에 존 메이어가 '아이쿠!' 하고 소리를 지르며 난감한 제스처를 취했다. 그리고 모두 웃었다.

생각보다 분위기가 좋아 삼열도 긴장을 조금씩 풀기 시작했다.

"오빠들은요?"

"그 녀석들은 바빠서 추수감사절에나 올 수 있다고 연락이 왔어."

"아, 그래요?"

마리아는 잠시 이야기를 하다가 삼열의 손을 잡아끌었다. 삼열이 '왜?' 하는 표정을 짓자 마리아가 '내 방을 구경시켜 줄게요'하며 2층으로 이끌었다.

뒤를 돌아보니 으레 그럴 것을 예상한 듯 장인과 장모는 거실에서 둘이 이야기를 하고 있었다.

마리아의 방은 리글리빌에 있는 집의 모든 방을 합친 것보다 컸다. 삼열은 넓은 방을 보며 나직한 한숨을 쉬었다.

'마리아는 이렇게 살았었군.'

옛날 자신의 17평 아파트와 대조되는 방이었다. 마리아의 방은 넓고 화려했으며 안에는 없는 것이 없는 것처럼 보였다. 그리고 벽면을 하나 가득 채운 거대한 책장을 보며 삼열은 입을 딱 벌렸다.

정말 책이 많았다.

"이렇게나 많이 읽었어?"

"설마요. 반밖에 못 읽었어요."

반이라고 해도 그가 지금까지 읽은 책보다 많을 것 같았다. 게다가 모두 다 원서가 아닌가.

"오빠들은 대부분 읽었을걸요. 특히 큰오빠는 괴물이니까."

마리아는 말을 하면서 삼열의 등에 매미처럼 매달려 속삭이듯 말했다.

"여보, 걱정하지 않아도 돼요. 우리는 부부고 아버지와 엄마는 그런 사실을 존중해 줄 거예요. 좋으신 분이라고 절대적으로 주장할 수는 없지만, 나쁘지는 않으신 분들이에요. 그러니 마음 놓으세요. 알았죠, 자기?"

"알았어. 그렇게 할게."

마리아의 나른하면서도 기분 좋은 목소리를 듣자 삼열의 마음도 놓였다.

그토록 걱정하던 첫 대면이 끝나서인지 긴장이 풀리면서 다리의 힘도 빠졌다.

"아빠는 사위를 정치가나 경제계 쪽에서 얻고 싶어 했어요. 스포츠 스타는 꿈도 꾸지 못했을 거예요. 그러니 아빠가 당신을 조금 마음에 들어 하지 않을 수도 있지만 반대는 하지 않을 거예요. 그러니 걱정하지 마요. 당신이 걱정하는 일은 절대로 일어나지 않아요."

말을 마치고 손을 풀고 앞으로 돌아와 마리아가 삼열에게 깊은 키스를 했다.

똑똑.

마리아는 키스하다가 천연덕스럽게 문을 열어주었다. 사라가 딸을 보며 웃었다.

"왜요?"

"그새를 못 참고 키스를 했구나."

"어떻게 알았어요?"

사라가 마리아의 입술을 손으로 가리켰다.

"아, 립스틱!"

마리아는 손거울을 꺼내 보며 혀를 내밀어 귀엽게 웃었다.

"씻고 나서 내려와 식사하도록 해. 30분 후에는 준비가 다 될 거야."

"오늘 요리는 누가 했어요?"

"누구겠니?"

"아, 루시 아줌마가 했어요?"

"그래. 네가 온다고 해서 내가 특별히 부탁했단다."

마리아는 사라의 말을 듣고 팔짝팔짝 뛰며 좋아했다. 루시는 마리아가 어릴 때부터 요리를 해주었던 일급 요리사로 마리아는 그녀가 한 요리를 무척이나 좋아했다.

"나도 했단다."

"당연하죠. 엄마가 요리 솜씨가 좋다는 것을 누구보다 내가 잘 아는데."

웃는 모녀를 보며 삼열은 행복하면서도 부러웠다. 그리고 마리아가 해줬던, 자신에게 가정을 만들어주고 싶었다는 말이 생각났다.

그녀가 원했던 것은 이런 가정이었으리라. 삼열은 생각만 해도 가슴이 따뜻해졌다.

잠시 후 장인과 장모와 함께 저녁을 같이 먹고 차를 마셨다.

마리아가 소리를 지르며 좋아했듯이 음식은 정말 맛있었다. 종류는 많지 않았으나 하나하나가 무척이나 독특한 맛을 지니고 있었다.

커피를 마시던 존 메이어가 삼열을 바라보더니 불쑥 한마디를 했다.

"자네에게 병이 있다고 하더군."

"네."

"그게 단가?"

"아이, 아빠. 삼열 씨는 이미 병이 다 나았어요."

"루게릭병이 낫기도 하는가?"

존 메이어가 불편한 심정을 그대로 여과 없이 얼굴에 드러내고는 못마땅한 표정을 지었다.

그의 얼굴은 '그런 병을 가지고도 감히 내 딸과 결혼을 해?'라고 말하고 있었다.

"장인어른, 불치병도 때로는 낫습니다. 분명한 것은 이미 나았다는 것이죠. 의사는 신은 아닙니다. 오진도 할 수 있고 못고치는 병도 많습니다. 의사의 의견을 무시하는 것은 어리석으나 그들의 말을 전적으로 신뢰하는 것은 더 어리석습니다. 에이즈가 완치로 가는 문에 거의 도달했다면 루게릭병은 아직도 출구가 어디 있는지조차 확신하지 못하고 있습니다. 그것은 단지 루게릭병이 에이즈만큼 인류의 삶에 치명적이지 않기 때문일 것입니다. 루게릭병이 어떻게 발병하는지도 제대로 모르는 의사들의 말을 전적으로 믿는 것이야말로 정말 어리석습니다."

삼열이 강하고 분명하게 말하는 바람에 존 메이어는 울컥 화가 치밀어 올랐다.

그는 삼열의 모든 것이 마음에 들지 않았다. 사윗감으로 원한 상대도 아닌 데다가 도둑 결혼까지 했으니 좋게 보일 리가 없었다.

아버지로서 사랑하는 딸을 결혼식장까지 에스코트할 수 있는 기쁨을 잃어버리게 한 묘한 질투도 섞여 있었다.

"그럼 자네의 루게릭병이 나았다는 것은 어떻게 확신할 수 있나?"

"그들이 나에게 한 그대로 다시 확인해 보았습니다. 여기에 그 증거가 있습니다."

삼열은 재킷의 안주머니에서 병원 진단서를 보여줬다. 존 메이어는 삼열이 보여준 진단서를 꼼꼼히 살펴보더니 고개를 갸웃거렸다.

"서류 위조는 아니겠지?"

"아빠!"

"이런 경우는 처음 보아서 그런다. 듣도 보도 못했으니 말이다."

"삼열 씨는 누구보다 건강해요. 아빠, 말이 된다고 생각하세요? 루게릭병을 가진 사람이 어떻게 메이저리그에서 23승을 할 수 있겠어요?"

"커험, 그건 그렇구나."

존 메이어는 자신의 딸이 말하자 의심을 거둬들였다. 그는 고개를 갸웃거리다가 말했다.

"아무튼 자네, 대단하긴 하군. 데뷔 첫해에 23승을 하다니 말이야."

"감사합니다. 하지만 저는 야구보다 마리아를 더 사랑합니다. 마리아와 행복하게 살겠습니다."

"그렇게 안 하기만 해봐라. 커험, 이미 결혼을 했으니 내가 뭐라 할 말은 없다만 부디 행복하게 살도록 하게."

"감사합니다. 꼭 그렇게 하겠습니다."

"마리아, 너는 부모의 허락 없이 결혼했으니 가족의 의무를 다하지 못했다. 네게 책임을 물을 것이야."

"받아들일게요. 아버지가 말하는 그런 것은 하나도 중요하지 않아요."

마리아가 단호하게 말하자 그때까지 가만히 이야기를 듣던 사라 멜로라인이 입을 열었다.

"하지만 그건 너무 가혹해요. 마리아가 비록 결혼에 대한 우리의 의견을 묻지 않았지만 그럼에도 불구하고 내 딸이에요. 그리고 당신 딸이기도 하고요. 당신은 마리아를 딸로 인정하지 않는 건가요?"

"그것은 아니오. 다만 그렇다는 것일 뿐이지."

"여보, 마리아는 당신이 가장 사랑한 아이예요. 그 아이에게 못되게 굴지 마세요."

삼열은 장인과 장모가 이야기하는 것을 보고는 뭔가 숨겨진 내막이 있는 것을 눈치챘다. 하지만 그것이 무엇인지는 알수는 없었다.

"흠, 그 이야기는 나중에 다시 언급하도록 합시다."

삼열 역시 무거워진 분위기에 억눌려 아무 말도 못 했다.

모든 것을 알고 있는 마리아가 침묵을 지키고 있어 답답했지만 지금 이 순간에는 그가 어떻게 할 방법은 전혀 없었다. 아무리 그가 태연함을 가장하고 있어도 몹시 떨리는 자리였다.

"아빠, 우리 올라가서 쉬고 싶어요. 삼열 씨도 그동안 쉬지를 못했어요."

마리아가 말대로 그는 시즌이 끝나고도 제대로 쉬지 못하고 각종 인터뷰를 하고, 또 CF를 찍었다. 그래서 리그가 끝난지 한 달이 다 되어 가는데도 쉴 시간이 전혀 없었다.

데뷔 첫해에 대단한 활약을 한 신인 선수가 2년 차 징크스를 겪는 이유 중의 하나가 시즌이 끝난 다음에 몰려드는 인터뷰와 광고 계약 등으로 인해 자기 관리에 실패했기 때문이다.

마리아는 삼열의 손을 잡아 2층으로 끌어당기며 자신의 방으로 인도했다. 문이 닫히자마자 마리아가 키스를 해왔다.

"왜……?"

삼열은 잠시 키스를 하며 유난히 서두르는 마리아를 보며 의아한 생각을 가졌다.

"그냥 당신이랑 사랑하고 싶어졌어요."

마리아는 말이 끝나자마자 달려들어 삼열의 옷을 벗겼다. 그녀는 이 친숙한 환경에 마음이 편해졌는지 삼열이 움직일 때마다 행복한 신음을 토해내기 바빴다.

"여보, 너무 좋아요."

마리아가 삼열을 껴안고 떨며 속삭이듯 말했다. 삼열도 긴장이 풀려서인지 평소보다 쉽게 지쳤다.

*　　　*　　　*

아침이 되자 삼열은 기분이 좋아졌다. 장인이 자신을 못마땅하게 여기긴 했지만, 그렇다고 무시하는 것은 아니다. 그것은 일종의 질투였다.

딸을 빼앗긴 아버지의 마음이라 생각하니 이해하지 못할 정도는 아니었고 어떻게 보면 귀엽기까지 했다.

"여보!"

언제 다가왔는지 어깨에 기대어 미소를 짓는 마리아를 보며 삼열이 말했다.

"우리 여기에 추수감사절까지 있을까?"

"정말요?"

"응, 숙박비도 공짜고 음식도 공짜잖아."

"호호, 나야 너무나 좋죠."

마리아는 삼열이 말은 이렇게 해도 자신을 배려하는 것이라는 사실을 너무나 잘 알고 있었다.

숲처럼 넓은 정원의 이른 아침은 아름다웠다. 옅은 안개가 나무들을 반쯤 가려서 마치 섬들이 바다에 떠 있는 것 같았다.

삼열은 단 하루 이곳에 있었지만 그녀가 부모님을 매우 존경하고 사랑하는 것을 금방 눈치챘다. 특히나 장모님을 무척 따랐는데, 두 사람은 언뜻 보면 자매 같기도 했다. 그 정도로 다정하고 친밀했다.

아침을 먹고 마리아가 그 이야기를 하자 두 사람 모두 환영했다.

특히 존 메이어는 입가에 미소까지 지었다.

"자네는 이제부터 뭘 할 것인가?"

"아, 그동안 운동을 소홀히 한 것 같아 러닝 좀 하겠습니다."

"그래? 러닝 좋지."

삼열은 커피를 마시고 잠시 쉬면서 마리아와 이야기를 나누다가 가벼운 차림으로 집 밖으로 나왔다.

문밖은 바로 정원으로 연결되었는데, 그 규모가 너무나 커서 정원이라기보다는 공원이라고 말하는 것이 더 정확한 표현이었다. 이렇게 아름다운 풍경을 많은 사람이 보지 못하는 것이 아쉬울 뿐이었다.

가볍게 뛰자 신선한 공기가 폐로 들어왔다. 가을에서 겨울로 접어드는 시기라 그런지 싸늘한 공기가 피부를 스칠 때마다 기분이 좋았다. 이런 싸늘함은 그의 투기를 불러일으키곤 한다.

8자 모양으로 난 정원을 돌자 새로운 숲이 나왔다. 그리고 축사로 보이는 건물 옆에 몇 마리의 말들이 보였다.

말을 관리하는 듯한 남자가 삼열을 보고 웃었다. 삼열이 그를 향해 손을 들어 가볍게 흔들자 그도 따라 손을 흔들었다. 그러자 말이 푸르릉 투레질을 하고는 고개를 옆으로 흔들었다.

삼열은 끝없이 이어지는 나무숲을 보며 뛰었다.

안개는 이미 햇살에 그 힘을 잃고 사라졌다. 하지만 여전히 정원은 새들과 벌레들의 소리로 사각거리며 뽀로롱거렸다.

노래를 잘하지 못하는 삼열이 새들의 성대를 훔치고 싶다는 생각을 할 정도로 기분 좋은 아침이다.

갑자기 이렇게 뛰는 것은 문제가 없었다.

삼열은 아무리 바빠도 러닝을 멈춘 날은 단 하루도 없었다. 습관이 무섭다더니 뛰지 않으면 마치 죽기라도 하는 것처럼 몸이 삐걱거리는 것 같았다.

실제로는 그렇지 않지만 늘 하던 것을 하지 않으니 몸살이 날 정도로 뛰고 싶어지는 바람에 바쁜 가운데서도 뛰는 것을 하루도 쉬지 않았다.

가장 멀리 있는 현관문 근처까지 갔다가 되돌아오니 존 메이어가 창문에 서서 자신을 보며 웃는 것이 보였다.

존 메이어의 눈에는 삼열이 괜히 폼을 잡는 것 같았다. 운동선수라 그런지 뛰는 자세 하나만큼은 일품이었다.

'고작 한 바퀴 도는 데 저렇게 시간이 걸려서야.'

존 메이어는 가벼운 운동복으로 갈아입었다. 그러고는 마치 저 마음에 들지 않는 사위를 실력으로 눌러 주겠다는 듯 의기양양한 표정으로 운동화의 끈을 맸다.

존 메이어가 집 밖으로 나왔을 때 마침 삼열은 두 번째 바퀴를 돌고 있었다.

존 메이어는 가볍게 삼열을 가로질러 뛰었다. 그는 뜀박질에 자신이 있었다. 단 하루도 운동을 빼먹은 날이 없을 정도로 몸 관리를 착실히 해왔다고 생각했기에 자신 있게 뛰었다.

'어라.'

뛰다 보니 삼열의 속도가 조금씩 올라가는 듯해 그도 속도를 높였다. 그의 얼굴은 '네까짓 놈한테는 절대로 안 져' 하는 표정이었다.

삼열은 아무 말도 없이 뛰는 장인을 보고 자신도 속도를 조금 높였다.

아직 천천히 뛰면서 몸을 풀어주는 타이밍이기는 했지만 장인의 눈빛이 따라오라는 듯해 그도 속도를 올렸다. 그리고 금방 그를 따라잡았다. 그러자 장인의 속도가 다시 올라 삼열도 보조를 맞추려고 속도를 올렸다.

'이 녀석이!'

존 메이어는 마음에 들지 않는 사위가 러닝에서 자신을 은근히 도발하자 승부욕이 생겼다. 그래서 뛰다 보니 자신의 예상과 다른 곳이 나왔다.

8자로 된 정원을 한 바퀴 돌 줄 알았던 그는 삼열이 더 먼 입구까지 가는 것을 보고 약간 의아했다.

'뭐지?'

의아함도 있었지만 괘씸함이 더 컸다. 그래서 이를 악물고 삼열을 따라갔다.

그러나 존 메이어는 얼마 지나지 않아 자신의 실수를 인정해야 했다. 삼열은 아무리 뛰어도 도무지 지치는 기색이 없었다.

괜히 운동선수가 아니었던 것이다.

존 메이어는 세 바퀴를 돌고는 포기해 버렸다. 삼열은 그대로 뛰었다. 장인의 마음이 어떨 거라는 생각 따위는 머릿속에 하나도 들어 있지 않았다. 오히려 신선한 자극이 되어 그를 충동질했다.

더 빨리 뛰고 더 많이 뛰도록 심장이 마구 움직이기 시작했다.

존 메이어는 점잖은 신분에 체면 따위야 아무렇지도 않다는 듯이 바닥에 주저앉았다.

입에서 거친 숨소리가 저절로 흘러나왔다. 이제나저제나 하며 삼열이 그만두겠지, 하고 기다려도 도무지 멈추지를 않는다.

마리아가 나와 식사를 하라는 소리를 듣고서야 삼열은 뛰는 것을 멈추었다.

"아빠는 여기서 뭐 해요?"

마리아는 평소와 다른 아빠를 보며 뭔가 일어났음을 직감

했다. 하지만 존 메이어는 아무 말도 하지 않았다.

삼열이 러닝을 마치고 나오자 존 메이어가 삼열을 째려보고는 나지막하게 속으로 중얼거렸다.

'사실은 괴물 로보캅이었군!'

사람이 어느 한 분야에서 두각을 나타내면 그 사람의 다른 면도 좋게 보이는 법이다.

겉으로는 표현하지 않았지만 과연 메이저리그 정상급 투수의 괴물 같은 체력에 존 메이어는 은근히 기가 질렸다.

아침을 먹고 다시 뛰기 시작하는 삼열을 보며 존 메이어는 고개를 좌우로 흔들었다.

도무지 그로서는 이해할 수가 없었다. 왜 저렇게 무리를 해서 뛰는지.

"네 남편 무리하는 것 아니니?"

남편의 속마음을 알아차리기라도 한 듯 사라가 마리아에게 걱정스러운 표정으로 물었다.

"엄마는. 저게 뭐 무리하는 거예요? 아주 천천히 뛰고 있는데."

"얘, 말도 안 돼. 네 남편이라고 너무 좋게 이야기하는 것 아니니?"

"호호, 엄마. 그이는 특별해요."

"말도 안 돼."

사라는 여전히 딸의 말을 믿지 못하고 있었다. 그도 그럴 것이 사위가 아침 전부터 많이 뛴 것을 알고 있었기 때문이다.

운동선수들이 훈련을 많이 한다는 말을 들어 보기는 했어도 그녀가 보기에는 과하게 뛰는 것 같았다.

삼열이 가까이 다가오자 마리아가 소리쳤다.

"여보, 힘내요!"

마리아의 말을 들은 삼열은 그때부터 빠르게 뛰기 시작했다.

너무나 빨리 뛰어서 존 메이어가 혹시나 하고 나가 보았더니 여지없이 좀 전과 같이 정문까지 갔다 오고 있었다. 그런데도 별로 힘든 표정이 아니었다.

'진짜 괴물이었군.'

존 메이어는 허탈하게 웃으며 자신의 서재로 올라갔다. 그래서 그는 자신의 아내가 딸에게 하는 소리를 듣지 못했다.

"너는 좋겠다. 남편이 저렇게 체력이 강해서."

마리아는 사라의 말에 얼굴을 붉히며 고개를 자신도 모르게 끄덕였다.

삼열은 그동안 조금 쉰 것이 여실히 느껴졌다. 조금 스피드를 끌어 올리자 피곤함이 몰려왔던 것이다.

예전이라면 이 정도의 운동에 피로를 느낄 리 없었다. 삼열은 인간의 몸은 퇴보에는 빠르고 진보에는 느리다는 것을 다시 느껴야 했다.

*   *   *

삼열은 추수감사절이 되어 마리아의 오빠들을 만나고 다시 시카고로 돌아왔다.

돌아오자 그동안 밀렸던 광고 촬영과 인터뷰가 줄을 이었다.

주위에서 너무 많은 광고를 찍는 것이 아닌가 걱정할 정도로 삼열은 무리했다.

하지만 삼열은 돈을 버는 데에 집착하여 도무지 포기하지 않았다. 구단에서 나서서 내년에는 연봉을 많이 올려 주겠다고 해도 막무가내였다.

하지만 그는 기본적인 운동은 하루도 쉬지 않았다. 그리고 스케줄이 없는 날에는 그동안 밀린 운동을 한꺼번에 했다.

언론은 삼열이 병에 걸렸다는 말을 그다지 신뢰하지 않았다.

어떻게 그렇게 큰 병에 걸린 사람이 105마일의 공을 던질 수 있단 말인가.

한마디로 그것은 코미디처럼 보였다. 말도 안 된다는 것을 알면서도 흥밋거리라 취재는 빠짐없이 하고 있었다.

그러면서 소문이 진짜일 수도 있다는 말이 조금씩 흘러나왔다. 하지만 여전히 말도 안 된다는 반응이 대부분이었다.

다만 삼열이 인정했듯이 병에 걸리긴 했는데 그렇게 심각하지 않아서 나은 모양이라고 짐작은 했지만 미스터리였다.

기자들도 손이 근질거렸지만 참을 수밖에 없었다. 상대는 악동이고 수틀리면 고소를 주저하지 않으면서도 마음에 들지 않으면 인터뷰에서 씹으니까. 자신의 이름이 매스컴을 장식하지 않으려면 다른 때보다 훨씬 신중해야 했다.

그러는 사이 대한민국 체육 협회에서 메이저리그 구단으로 삼열을 아시안 게임에 차출하기를 원한다는 공문을 보내왔다.

메이저리그 최고의 투수를 자국 선수들이 싸우는 마운드에 세우고 싶은 마음이야 굴뚝같을 것이다. 하지만 컵스 구단은 기겁하며 거절하였다.

삼열이 구단에 아시안 게임에 참가하겠다는 말을 하자 한바탕 난리가 났다. 문제는 아시안 게임이 열리는 시기에 리그가 열리기 때문이었다.

존스타인은 허탈하게 웃었다. 올라온 보고서에는 삼열이 그 아시안 게임에 참가하겠다고 하는 내용이 적혀 있었다.

"그 친구는 왜 그런대요?"

베일 카르도 감독이 존스타인의 말에 한 박자를 쉬고 대답을 했다.

"표면적인 이유는 병역 때문이라고 전해왔지만 아마도 적은 연봉 때문인 것 같습니다."

"그래요?"

존스타인이 생각해도 메이저리그에서 가장 싼 선수는 삼열이었다. 아직 신인이라 내년 연봉 협상도 하지 않았다. 대폭적인 연봉 인상이 있을 것이지만 그가 한 것에 비하면 조족지혈이다.

삼열은 예상대로 내셔널 리그 사이영상과 신인상을 받았다. 그런 선수를 헐값에 쓰고 있는 것을 컵스는 인정해야 했다. 하지만 그래도 시즌 중에 아시안 게임 출전은 너무한 것이었다.

그러나 존스타인은 강하게 자신의 주장을 펼칠 수가 없었다.

아직 팀의 리빌딩이 제대로 되지 않은 내년에 군이 삼열을 강하게 붙잡고 아시안 게임에 내보내지 않을 명분이 약했다.

다른 무엇도 아닌 군 문제가 아닌가.

하지만 그는 삼열의 군 문제라는 것이 하나의 평계라는 것을 몰랐다. 병역법에 의하면 삼열은 이미 군면제가 충분히 가능한 상황이었다.

"생각해 보겠다고 하세요."

"알겠습니다."

"내년도 드래프트와 팜의 선수들은 어떻습니까?"

존스타인은 요즘 생각만큼 유망주들을 구할 수 없어 마음이 다급한 편이었다.

그나마 자신의 최대 업적이 유망주 두 명을 내주고 삼열을 트레이드해 온 것이었다.

5. 새로운 구종을 배우다

삼열은 에이전트를 통하여 자신의 연봉 협상이 시작되었음을 들었다.

삼열은 샘슨 사에 한마디 했다.

"확실하게 뜯어내요."

삼열의 말에 담당자는 웃었다.

올해 삼열의 활약을 구단도 알고 있으니 연봉이 대폭 상승할 것은 확실했다. 다만 구체적으로 얼마나 오르느냐가 문제였다.

구단은 사이드 옵션을 삼열에게 제의할 가능성이 높았다.

어차피 메이저리그에서는 연봉 조정 신청이 가능하지 않은 2년 차의 선수에게 실질적 소득을 높여줄 이유가 많지 않기에 연봉 보존 차원에서 옵션 계약을 많이 한다. 새로운 시즌에도 활약을 제대로 하게 되면 적지 않은 보너스를 받게 되는 것이다.

시간이 흐르면서 삼열은 한국 기업의 광고 열세 개, 미국 등 다국적 기업의 광고 네 개의 계약을 맺었다. 아직까지 나이키 등 굵직한 기업에서 제의가 들어오지 않는 것은 조금 불만스러웠다.

타이거 우즈가 7천만 달러의 광고를 할 수 있는 것도 나이키와 같은 거대기업과 다년계약을 했기 때문이다. 삼열은 내년에는 더 많은 광고를 찍을 것을 결심했다. 그러기 위해서는 더 열심히 훈련해야 했다.

삼열은 스토브리그가 되자 집과 연습장을 오가며 훈련에 몰두했다. 그리고 샘 잭슨 투수 코치에게 본격적으로 스크루볼을 배우기 시작했다.

그동안 어깨와 손목 강화 운동을 통해 기초를 다져 놓기는 했지만 신성석이 없는 현재로서는 조금 부담스러운 구질이었다.

하지만 스크루볼에 대한 강렬한 호기심은 그를 멈추지 못하게 했다.

'아주 중요한 때에만 던지는 거야. 누구도 예상하지 못한 순간에 짠, 하고.'

삼열이 이렇게 마음을 편하게 가질 수 있는 이유는 그가 105마일의 강속구를 던질 수 있기 때문이다.

강속구가 있는 투수는 굳이 스크루볼에 연연할 필요가 없다.

그래서 삼열은 어깨와 팔이 강화되기를 기다렸다. 어깨근육은 운동을 한다고 한순간에 강해지거나 하지 않는다. 꾸준하게 연습을 해줘야 아주 조금씩 효과가 나타난다. 그때까지 천천히 마구를 익히면 된다.

삼열은 연습장에서 공을 던졌다. 공이 날카롭게 날아가 미트에 꽂혔다.

리그가 끝난 다음에 투수들은 전력 투구를 하지 않는다.

혹사를 당한 팔과 어깨를 적절하게 쉬어주지 않으면 다음 해에 부상을 당하거나 부진할 확률이 매우 높다.

모든 운동선수는 부상의 위험에서 자유로울 수 없다. 일반인에 비해 격렬하게 몸을 사용하기 때문이다. 그래서 훈련만이 선수들의 부상 위험을 낮출 수 있으며 뛰어난 활약을 가능하게 한다.

그런데 이 훈련이 선수의 입장에서는 엄청나게 고통스러운 일이다.

"하이, 삼열. 넌 여전하네."

로버트가 훈련장으로 걸어오면서 삼열에게 말을 걸었다.

"너 빠졌구나."

"뭐……?"

"나보다 먼저 나와서 늦게 가도 될까 말까 한데 이렇게 늦게 나와?"

"야, 나 이제 너랑 연습 라이벌 안 한다고. 너랑 경쟁하면 몸이 견디지를 못해. 넌 괴물 같은 놈이야."

"동생들 대학 보내려면 더 열심히 해야지."

로버트는 동생이란 말이 나오자 순간적으로 움찔했다. 그는 정말 동생들을 사랑한다.

삼열은 그런 그를 매번 놀리지만 무척이나 부러워하고 있었다.

얼마나 다정하게 자랐으면 저렇게 동생들을 생각할까 하는 마음에 더욱 놀렸다.

"나 이제 동생들 대학에 다 보낼 수 있어."

"너 대학 등록금이 얼마인지 알아?"

"뭐, 한 학기에 2만 달러 정도?"

"기숙사비, 보험료, 교재비 등등 돈 들어갈 데가 무지 많아. 그리고 네가 언제까지 선수로 뛸 수 있을지도 모르고. 그러니 통장에 잔고가 쌓이기 전까지는 안심할 수 없어."

"끄응."

로버트는 한숨을 내쉬며 삼열을 바라보았다.

그는 얼마 전에 에이전트로부터 연봉을 100만 달러 이상 받아 낼 것이라는 말을 듣고 기분이 좋았다. 물론 메이저리그 선수들의 평균 연봉은 400만 달러에 가깝지만 아직 연봉 조정 신청이 불가능한 신인들에게는 꿈만 같은 액수였다.

"자, 그러니 긴장을 풀지 말고 계속 앞으로 돌진."

삼열의 말에 로버트는 부정하지 못하고 그의 옆에서 배트를 휘둘렀다.

삼열의 말이 영향을 미쳤는지 들어올 때보다 표정이 많이 어두워졌다.

"야, 넌 연봉 협상 안 하냐?"

로버트가 은근히 삼열의 연봉 협상 과정이 궁금한지 물었다.

"에이전트가 알아서 하겠지."

"넌 얼마나 받을 수 있을 것 같아?"

"뭐, 나야 사이영상도 받았으니 마틴 스트라우스보다는 많이 받아야겠지."

"와아, 부럽다. 그 녀석 사이드 옵션으로 올해 700만 달러인가를 받는 모양이던데."

"너도 열심히 해. 연봉이 높은 선수들은 투수보다 타자가 휠씬 많아. 인기도 타자들이 더 많고. 로드리게스, 버논 웰스 등 메이저리그 연봉 1, 2위가 다 타자야. 3위가 투수 CC 사바시아고 말이지."

"아, 그놈의 인기."

로버트는 삼열이 부러운지 잠시 묘한 표정으로 있었다.

그 표정을 알아차린 삼열이 웃으며 말했다.

"야, 어떻게 하면 인기가 생기는지 알려줄까?"

삼열의 말에 로버트가 귀를 쫑긋거렸다. 삼열이 얼마나 팬들에게 인기가 있는지 너무나 잘 알고 있기 때문에 관심을 안 가질 수 없었다.

"넌 파워 업 2를 해."

"뭐어?"

"너도 율동을 하나 만들라고. 내가 파워 업이니 넌 파이팅 맨이 되는 거야. 죽도록 치고 달리고 하는 거지."

"……?"

"실력이 비슷하면 인기 있는 놈이 짱인데 인기가 있으려면 캐릭터를 잘 잡아야 해. 내가 악동 캐릭터이니 넌 착한 이미지로 잡는 거야. 뭐, 넌 동생들하고 부모님에게는 착한 놈이니 그렇게 잡아도 무리가 없지."

"캐릭터라……."

삼열은 로버트가 야구에 대해서는 천재적인 재능을 가지고 있지만 그 외의 일에는 사실 굉장히 무식하다는 것을 잘 알고 있었다.

삼열은 로버트를 보면 '맨발의 조'가 생각나곤 했다. 블랙삭스 스캔들에 연루되어 메이저리그에서 영구 추방된 뒤 고향으로 내려가 세탁소를 운영했던 그는 야구 이외에는 거의 바보나 마찬가지였다.

로버트도 그 정도는 아니어도 굉장히 어리숙한 면이 많았다.

다만 그가 어느 정도 안정감을 가지고 경기에 임할 수 있는 것은 모두 에이전트 사의 도움이 있기 때문이다.

비교적 양심적인 에이전트 사를 얻은 그는 수입의 대부분을 동생과 부모님을 위해 사용하는 것을 제외하고는 착실하게 은행에 저금해 놓고 있었다.

에이전트 사는 다른 금융 상품을 소개해 주고 싶었지만 로버트가 그런 쪽으로는 거의 무지하다는 것을 알고는 그저 저금이 최고라면서 구단으로부터 돈을 받으면 은행에 저금하게 했다.

삼열은 자신이 운동 중독이라는 것을 어느 정도 인정했다.

처음에는 주어진 운명을 깨기 위해 시작한 운동이 이제는 습관이 되어 하지 않으면 잠이 안 올 정도가 되었다.

그동안의 연습은 신성석 때문에 쉽게 했지만 앞으로는 그처럼 쉽지 않을 것이다.

다행인 것은 육체의 진보가 거의 완벽하게 이루어진 다음에 루게릭병이 나은 점이다.

아직 5급 군병의 몸을 만들지는 못했지만 인간의 기준으로 보면 거의 슈퍼맨에 가까웠다. 그는 우사인 볼트보다 빠르게 달릴 수도 있다.

공을 손에 쥐고 조금은 생소한 느낌으로 던졌다. 스크루볼은 역회전 볼이기에 타자들이 맞히기도 어렵고, 맞는다고 하더라도 대부분 땅볼이 된다.

공을 검지와 중지를 모아서 잡고 중지에 힘을 가한 후에 던진다. 커브와 반대 방향으로 날아가는 이 공은, 그러나 투구 시에는 직구의 투구폼으로 던진다.

만약 스크루볼이 손목과 팔꿈치에 치명적일 정도로 무리를 주지 않는다면 모든 투수가 배웠을 마구였다.

"삼열, 더 부드럽게 던져 봐."

샘 잭슨 투수 코치가 삼열이 공을 던지고 나자 고개를 옆으로 흔들며 말했다.

의식적으로 제대로 던지려고 하면 할수록 투구폼이 얽히곤 했다. 새로운 구질을 배우는 것은 흥미로운 일이긴 하지만 너무나 어려운 일이다.

특히나 기존의 투구와는 전혀 다른 역회전 공을 던지는 것이 쉬울 리가 없었다.

세계 3대 마구 중 너클볼은 배우는 데 시간이 너무 많이 걸려 삼열뿐만 아니라 대부분의 투수들이 포기한다.

자이로볼은 아무도 던질 수 있는 사람이 없다. 이론상으로만 존재하는 마구라고 할 수 있다. 그리고 스크루볼도 메이저리그에서 던지는 투수가 거의 없다시피 하다. 그러니 세계 3대 마구 중 하나를 던질 수 있는 것만 해도 굉장한 것이다.

삼열은 샘 잭슨 투수 코치의 말을 듣고 어깨에 힘을 빼고 가볍게 던졌다.

팔이 제대로 바깥쪽으로 꺾이지 않았는지 들어가는 공이 밋밋했다.

삼열은 담담하게 연습에 임했다. 어차피 자신이 몸치에 가까운 것은 잘 알고 있었다. 그래서 남들보다 엄청나게 더 노력하는 것이 아닌가.

돌에 정으로 새기듯이 묵묵히 몸에 새길 뿐이었다.

*   *   *

삼열은 샘 잭슨 투수 코치에게 스크루볼을 배우며 12월을 보냈다.

리그가 끝난 지 이제 두 달이 넘었다. 삼열은 2년 차 징크스에 걸리지 않기 위해 땀을 흘리며 훈련에 박차를 가했다.

12월 첫째 주 화요일 오후에 한국 기업의 광고 촬영으로 삼열은 스튜디오로 갔다.

"어? 내가 잘못 왔나?"

삼열이 문을 다시 열고 나가려는데 스태프가 다급하게 다가와 인사를 했다.

"아, 강삼열 선수. 여기 맞습니다."

"아, 그래요?"

삼열은 스튜디오 안에 여자가 많은 것을 보고 어리둥절해했다.

자세히 보니 한국의 걸그룹 아이돌이었다.

"당황하셨죠?"

"아, 네. 보내주신 콘티와 다른 것 같네요."

"하하, 죄송하게 되었습니다. 마침 미국 공연이 잡혀 있어서 함께 찍기로 하였습니다. 괜찮으시죠?"

"뭐, 나야 괜찮습니다."

삼열이 괜찮고 말고도 없었다. 그는 오늘 달랑 한 줄의 멘트만 하면 되었다.

그러고 보니 광고에 나오는 다른 연예인은 한국에서 촬영한다는 말을 얼핏 들은 기억이 났다.

삼열이 촬영장으로 들어가자 아홉 명의 여자가 삼열을 보고 환호를 하며 휘파람을 불었다. 심지어 여자 스태프조차 삼열을 향해 환호를 날렸다. 졸지에 연예인이라도 된 듯한 착각이 들었다.

"안녕하세요, 파란오렌지입니다."

아홉 명의 여자가 한목소리로 말했다.

"아, 네. 강삼열입니다."

여자들이 흘깃거리며 자신을 훔쳐보자 삼열은 난감했다.

원래는 이들과 같이 찍지 않아도 아무 이상이 없는 콘티였다. 그런데 이렇게 되다 보니 콘티의 내용이 약간 변경을 하게 되었다.

아홉 명의 여자들과 같이 찍는 신이 하나 더 늘어난 것이다.

삼열은 바뀐 콘티를 보고 고개를 끄덕였다. 사실 그가 봐도 새로 바뀐 콘티가 더 나은 것 같긴 했다.

촬영이 시작되고 난 후에 몇 명의 여자들이 삼열에게 말을 걸어왔다.

"파란오렌지의 줄리아예요. 강삼열 선수의 팬이에요."

"이렇게 해봐요. 요렇게요."

삼열은 줄리아를 보며 혀로 입술을 핥았다.

"어머, 너무 야하다."

"멋있다."

삼열이 마치 유혹하는 것처럼 보인 것이다.

"입에 침 바르라고요."

"왜요?"

"그렇게 하고 나서 거짓말을 하셔야 믿죠."

"어머, 어떻게 알았어요? 거짓말인 거?"

줄리아는 매우 명랑했다. 아니, 파란오렌지의 멤버 대부분이 명랑한 성격이었다. 삼열은 그런 줄리아를 향해 웃으며 말했다.

"여자들은 야구를 대체로 좋아하지 않아요. 그런데 바쁜 연예인이 갑자기 제 팬이라고 하니 믿을 수가 없네요."

"아하하, 들켰네. 하지만 오빠를 좋아하는 것은 맞아요."

"오빠?"

"제가 한 살 어려요. 그리고 오빠는 결혼도 하셨잖아요."

"그렇긴 하죠."

삼열은 개성이 강한 아홉 명의 여자를 보며 나직하게 한숨을 내쉬었다.

쉬는 시간만 되면 다가와 온갖 것들을 묻곤 해서 너무 귀찮았다. 소녀들이 두세 명만 되어도 괜찮을 텐데 아홉이나 되니 어떨 때는 했던 말을 또 하게 되는 경우가 많았다.

"부인은 여기에 안 오세요?"

"아, 아내는 회사에 갔어요."

"아~ 너무 부러워요."

"뭐가요?"

"아름다운 부인하고 결혼하셨잖아요."

"……?"

여자가 무슨 예쁜 여자와 결혼한 남자를 부러워한단 말인가.

삼열은 이들이 화려하고 돈도 많이 벌지만 사생활이 없을 정도로 바쁘다는 것을 알고 있었다. 인터넷을 도배하다시피 하는 이들이 바로 파란오렌지였다.

"오빠, 사인 좀 해주세요."

"사인?"

팬들에게 사인을 해주긴 했지만 연예인들에게 해준 적은 없었다.

긴 머리에 큰 눈을 깜박이는 예쁜 얼굴의 이주현을 보며 삼열은 할 수 없이 사인을 해줬다.

"야, 이주현. 너 또 그 사인 인터넷에 올려서 팔아먹으려는 거지?"

"아니다, 뭐."

이주현은 사인을 품에 안고는 급하게 아니라고 말은 했지만 표정을 보니 줄리아의 말이 맞는 것 같았다. 파란오렌지는 멤버가 많고 개성이 너무 뚜렷해서 삼열이 적응하기가 쉽지 않았다.

다른 연예인과의 촬영은 이번이 두 번째였다.

바쁜 그의 일정을 감안해서 대부분의 광고주들이 많은 배려를 해주고 있는 실정이지만 이번 광고는 PD가 갑자기 콘티를 변경해서 어쩔 수 없이 파란오렌지와 같이 찍어야 했다.

삼열이 촬영을 마치고 가방을 들고 가는데 아까 사인을 받아간 이주현이 다가와 자신의 앨범을 줬다.

"오빠, 선물이에요."

"아, 고맙습니다."

"훗, 오빠. 이제 보니 전혀 악동 같지 않아요."

"나 악동 맞아요."

삼열이 말을 하고 난 뒤에 웃었다.

"오빠, 우리가 노래 만들어서 보내드려도 돼요?"

"무슨 노래요?"

"우리는 파워~ 업. 파워~ 업. 나나나나 파워~ 업, 우리는 파워~ 업. 나나나나 무적의 파워~ 업 맨. 던진다, 무적의 공이 나가신다. KKK! 유 아웃~ 우리는 무적의 파워 업~ 맨."

이주현이 노래를 부르자 주위에 있던 다른 가수들이 따라서 불렀다.

'어? 그 노래를 이렇게 부를 수도 있구나.'

가수라 그런지 하모니가 들어가서 노래가 제법 멋지게 들렸다.

괜히 가수가 아니구나, 하는 생각이 들었다. 노래를 잘하지 못하는 삼열로서는 부럽지 않을 수 없었다.

"우리가 노래를 만들어서 보내드릴게요. 전화번호 좀 주세요."

"네?"

이주현은 능숙하게 삼열의 핸드폰을 빼앗아 자신의 번호로 전화했다. 그녀의 핸드폰이 울리자 그제야 웃으며 핸드폰을 삼열에게 돌려줬다.

"와, 너 정말 고수구나."

"도저히 막내를 이길 수가 없네."

다른 멤버들이 이주현을 바라보며 감탄했다.

한국에서 삼열의 인기는 정말 대단했다. 하지만 그 인기의 대부분은 야구를 좋아하는 남자들을 중심으로 이루어졌다.

물론 국민들도 그를 좋아했다. 한국인으로 메이저리그 최고 투수가 된 그를 싫어할 이유는 없었다.

그것도 데뷔 첫해에 사이영상과 신인상을 모두 거머쥔 최초의 한국인 메이저리거를 말이다.

이슈 메이커, 악동, 마리아 멜로라인의 남편 등등. 사람들은 그의 행동을 보고 즐거워했다.

삼열이 파란오렌지와 헤어지고 집으로 돌아온 순간 인터넷
은 난리가 났다.

이주현이 자신의 트위터에 삼열의 사인을 올리고 자신들이
응원가를 만들어 주기로 했다고 한 것이다.

이제 야구만 좋아하는 남자 팬들뿐만 아니라 온 국민이 그
를 알게 되었다.

＊　　　　＊　　　　＊

─연예가 중계 신현진입니다.

─저는 박은연입니다. 오늘은 따끈따끈한 소식이 많은데요,
메이저리그를 점령한 우리의 자랑스러운 강삼열 선수가 파란
오렌지를 만났다고 합니다. 그리고 아시안 게임에 참가하겠다
는 의사를 밝혀서 컵스 구단을 당황하게 만들었다는데요, 장
수진 씨가 취재했습니다.

─네, 박찬호 선수 이후 메이저리그를 점령한 강삼열 선수
가 아름답고 매력적인 그녀들, 파란오렌지를 만나 광고 촬영
을 마쳤는데요, 저희 연예가 중계가 미국 현지에서 직접 취재
를 했습니다. 한국 나이 스물셋에 아름다운 미국인 마리아와
결혼한 강삼열 선수에 대한 이야기로 인터넷이 연일 뜨거운데
요, 잠시 후에 아주 속 시원하게 밝혀 드리겠습니다.

─아름다운 그녀, 아줌마가 되어도 여전히 아름다운 전지연 씨가 영화 '도둑들'에 출연해서 화제가 되었었죠. 그 시사회장으로 지금 가보시죠.

TV에서는 영화 촬영 장면과 주요 장면이 나오면서 영화배우들의 인터뷰가 나왔다.

두 번째 꼭지에 파란오렌지가 광고 촬영을 하는 모습이 나왔다.

예쁘고 상큼한 아홉 명의 소녀가 나오자 화면이 환해졌다. 잠시 후에 삼열이 들어왔다가 다시 나가는 장면이 아주 짧게 나왔다.

그리고 촬영이 진행되면서 중간 휴식 시간에 리포터가 삼열과 파란오렌지를 인터뷰했다.

─강삼열 선수, 이렇게 뵙게 되어 영광입니다. 파란오렌지도 만나서 반갑습니다. 한마디씩 연예가 중계 시청자 여러분께 해주시죠.

마이크가 넘어오자 삼열이 입을 열었다.

─안녕하십니까? 강삼열입니다. 파워 업!

─안녕하세요. 파란오렌지입니다.

삼열은 오늘도 예외 없이 파워 업 티셔츠를 노리고 구호를 외치는 것을 잊지 않았다.

─먼저 강삼열 선수, 올해 메이저리그에 데뷔하셨는데 다승

부문을 제외하고는 모두 1위를 하셨어요. 비결은 어디에 있습니까?

　—비결은 따로 없고요, 그냥 제가 잘나서 그런 것 같습니다.

　—정말이세요?

리포터가 삼열의 말에 당황해서 재차 물었다.

　—좋은 기록은 훈련을 통해서만 나옵니다. 사실 저는 운동치에 가까워서 남들이 한 번 하면 될 것을 세 번 이상은 해야 합니다. 그런데 그런 지루함과 고통을 참을 수 있는 것은, 몸치임에도 불구하고 제가 잘나서 가능한 것 아니겠습니까? 다른 사람들은 나보다 훈련을 반만 해도 저보다 나은 결과가 나올 텐데 그걸 안 하고 있으니 나쁜 놈들이죠. 그러니 제가 잘난 놈인 것은 맞는 말이죠.

　—아, 그런 의도였군요. 그렇다면 도대체 얼마나 연습을 하시기에 그런 말씀을 하시는지요? 연습 벌레라는 소문은 저도 들어 보았습니다만…….

　—아침에 러닝으로 50㎞정도 뛰고 나서 투구 연습을 훈련장 가서 합니다. 하루 열 시간은 최소한 하는데 연습의 강도가 다른 선수보다는 배 이상 강합니다.

삼열은 자신의 자랑을 아주 뻔뻔하게 했다. 그는 겸손이 미덕이 아님을 너무나 잘 알고 있었다.

대중은 뻔뻔한 악당을 좋아하지, 착한 주인공을 원하지 않는다.

삼열이 밝힌 훈련량을 사람들은 뻥이라고 생각했다. 운동선수가 훈련량이 많다는 것은 인정해도 매일 아침에 50km를 뛴다는 것을 어떻게 믿겠는가.

—최고의 걸그룹 파란오렌지와 같이 촬영을 하시는데요, 소감 한마디 해주시죠.

—물론 최고의 걸그룹과 함께 촬영하게 되어 영광입니다.

—그게 끝인가요?

—제 아내가 한국어도 조금 할 줄 압니다. 요즘 새로 배우고 있는데 말조심을 해야 합니다.

—아, 생각보다 애처가시군요.

—그녀는 제게 존중받을 만큼 충분히 좋은 여자입니다.

—아, 신혼이시기는 하지만 아내바보였군요. 자, 그러면 파란오렌지는 어떻게 생각하시는지요?

—정말 근사한 일이에요. 원래는 따로 촬영하기로 되어 있지만 강삼열 선수를 직접 보고 싶다고 우겨서 같이 찍게 되었어요. 우리는 강삼열 선수의 팬이 되기로 했으니까요.

리더인 민영이 말했다. 그러자 멤버들 제각각 한마디씩 하느라 갑자기 시끄러워졌다.

리포터가 재빨리 다른 질문으로 넘어가면서 능숙하게 사태를 무마시켰다.

—강삼열 선수, 이번에 아시안 게임에 출전한다는 소식이 들리던데 어떻게 된 것인가요?

—아시안 게임이 열리는 2주간은 메이저리그 일정과 겹쳐서 구단이 조금 어렵다고 말은 하고 있지만, 그래 봐야 겨우 네 번 정도 등판 못 하게 되는 것인데요. 올해도 20게임 출장 정지를 당하면서 빠졌으니 어려운 일은 아닐 것입니다. 구단이 허락해 주지 않으면 출전이 불가능한데요, 일단 참석하겠다고 말은 해놓은 상태입니다.

—조금 예민한 질문이긴 하지만 미국인 아내를 얻으셨는데 국적은 앞으로 어떻게 되는 것입니까?

—저는 고아라 굳이 말하자면 한국에 아무런 연고도 없습니다. 오히려 제게 사기를 친 작은아버지가 있는 곳이니 꺼려지기도 합니다. 하지만 한국은 부모님과의 소중한 추억이 있는 곳입니다. 그래서 국적을 바꿀 생각은 없습니다.

삼열의 말에 리포터는 눈시울을 붉히며 그의 처지를 동정했다.

—이제 모든 분이 궁금하게 여기는 질문인데요, 부인이신 마리아 멜로라인 양과는 어떻게 만나셨나요?

—그녀는 레드삭스에 있을 때 구단 직원이었습니다. 그리고 제가 트레이드되어 오면서 아내도 직장을 지금의 컵스로 옮겼

죠. 아내와 사귄 것은 컵스에 오고 나서부터였습니다. 그 전에는 따로 여자 친구가 있었죠.

　―아, 그러면 지금의 부인을 사귀면서 전 여자 친구와 헤어지신 건가요?

　―아닙니다. 이전의 여자 친구와 헤어지고 나서 마리아를 만났습니다. 물론 마리아를 그전에 알고 지내기는 했습니다.

　―자세히 이야기를 듣고 싶은 마음도 있지만 프라이버시이니 여기까지 하죠. 그러면 이제부터 파란오렌지에게 묻겠습니다.

　인터뷰가 파란오렌지로 넘어가자 역시나 발랄한 성격을 가진 그녀들인지라 다시 시끄러워졌다.

　삼열의 방송분은 예외적으로 15분이나 방영되었는데 이는 연예가 중계 단일 꼭지로는 가장 긴 방송 중의 하나가 되었다.

　삼열이 CF 촬영을 하느라 시간을 보내는 동안 마리아 역시 구단에서 일하느라 바빴다.

　시즌이 끝나면 신혼여행을 가기로 했지만 마리아가 추수감사절 전에 2주를 쉬었기 때문에 따로 휴가를 낼 수 없었다. 그래서 신혼여행은 가지 못하게 되었다.

　삼열은 끊임없이 체력 훈련을 하였다. 그러는 동시에 스크루볼을 배우면서 기존의 잘 던지는 구질들을 가다듬으며 시간을 보냈다.

그리고 이번 크리스마스에는 눈이 내렸다.

삼열은 마리아와 함께 근사한 식당에서 식사하며 하염없이 내리는 눈을 바라보았다.

"어머나, 너무 멋져요."

시카고에 올해 많은 눈이 내렸다. 그리고 크리스마스 아침부터는 발목까지 빠져들 정도로 많이 왔다.

삼열이 레스토랑에 나왔을 때는 눈이 멎었다.

눈이 내린 크리스마스 거리는 연인들로 북적였다. 삼열과 마리아는 그들을 따라 걸으며 크리스마스를 즐겼다.

메이저리그 선수들은 대부분의 훈련은 알아서 하는 편이다. 물론 집에서 하는 사람들이 없는 것은 아니지만 대부분은 구단의 연습장에서 한다. 하지만 5개월 가까운 기간에는 가족과 함께 지내는 시간이 많다.

구단의 스포츠 의학 팀이 제공한 훈련 프로그램을 가지고 꾸준히 운동하지만 삼열만큼 연습을 많이 하는 선수는 없었다.

이는 다른 선수들이 게을러서라기보다는 삼열의 우월한 신체적 능력 때문에 가능한 것이었다.

한 시즌 내내 혹사당한 몸을 스토브 리그에서 쉬어야 다음

해에 시합에 나가 좋은 성적을 거둘 수 있다. 그리고 일부 선수는 부상당한 몸을 치료하기도 하며 가족들과 시간을 보낸다.

"여보, 오늘은 집에 들어가기 싫어요."

마리아가 삼열을 보며 미소를 지었다. 하지만 이 거리에 오래 있을 수 없다는 것을 누구보다 그녀가 잘 알고 있었다.

눈이 왔지만 바람이 불고 있어 추웠고 호텔은 예약하지 않으면 방이 없을 것이기 때문이다. 그리고 결혼한 부부가 집을 두고 호텔에서 밤을 보내는 것도 이상하기는 했다.

"우리 아기 언제 가져요?"

"언제든지."

마리아는 아기를 가지고 싶어 했지만 이상하게 생기지 않았다. 피임하다가 임신을 하려고 하는데 그게 잘되지 않았다.

삼열과 마리아는 집으로 돌아와 목욕하고 사랑을 나눴다.

늘 하던 것이었지만 오늘은 정말 달콤했다. 오늘은 원하는 것이 될 것 같기도 했다. 느낌으로는.

*   *   *

시간이 흘렀다. 새해가 되어 삼열과 마리아는 짧게 신혼여행을 하와이로 다녀온 다음 평상시처럼 지냈다.

삼열은 끊임없이 연습하고 새로 배운 마구를 연습했다. 삼열의 병에 대해 구단이 나서서 조사했지만 아무런 이상이 없는 것으로 나타났다. 이렇게 삼열의 병은 조용히 묻히는 것 같았다.

삼열은 스토브 리그 기간에 마리아의 도움으로 하버드 대학의 도서관에서 기계 공학에 관한 전자책을 빌려 보면서 기초 과학에 대한 지식을 쌓아갔다.

책을 읽는 시간이 많지 않아 속도는 느렸지만 천재적인 머리를 가진 삼열은 굉장히 빠른 속도로 과학에 대한 내용을 습득했다. 하지만 여전히 원하는 단계에는 도달하지는 못했다.

안테나는 전자파 신호를 전기 신호로 바꿔주는 것으로, 대부분의 안테나와 원리는 같았지만 위성을 이용한 전파와 라디오나 TV 전파는 많이 달랐다. 삼열이 가진 안테나는 수신용이었다.

송신용 안테나도 결국 크기 차이지만 원리는 같기 때문에 어려운 것은 없다.

원리야 쉽다고 하지만 이를 상품으로 만들려면 더 시간이 필요했다. 누구나 쉽게 따라서 만들 수 있어야 했기 때문이다.

그런데 미카엘이 준 안테나는 굉장히 복잡한 구조를 가지고 있어서 아직 그의 능력으로는 설명 불가였다.

삼열은 화장실에서 아이패드를 가지고 나오면서 중얼거렸다.

"그렇지, 뭐. 돈 버는 게 쉬운가."

너무나 뛰어난 기술이기에 오히려 상업화를 하는 것이 힘들었다.

게다가 삼열은 안테나를 상업적으로 활용할 수 있을 정도로 만들기에는 시간이 너무 없었다.

그는 주로 화장실에서 일을 보면서 과학책을 보았는데, 일주일에 한 권 정도는 꾸준하게 보았다. 화장실에서 보내는 짧은 시간이 뜻밖에 집중이 잘되었고 매일 보게 되니 속도가 조금씩 빨라진 것도 있었다.

시간이 화살처럼 빠르게 지나갔다. 그동안 삼열이 계약했던 광고 촬영은 모두 끝났으며 통장에는 계약금이 쌓여갔다.

통장의 잔고가 늘어난 것을 보며 삼열은 흐뭇하게 웃었다. 물론 통장은 마리아에게 압수당해 인터넷 통장으로 보지만, 그래도 기분이 좋았다.

2월에는 살던 집을 마침내 구입하게 되었다. 집주인이 안 팔려고 했는데 집값이 계속 내려가니 결국 버티지 못하고 팔고 만 것이다.

집주인이 되고 나서야 삼열은 마음대로 집을 용도에 맞게 고칠 수 있게 되었고, 또 자신의 집이라는 생각이 들자 예전보다 집에 대한 애착이 커졌다.

17평 임대 아파트에서 살던 그로서는 이렇게 넓고 좋은 집은 처음 가져 보는 것이기에 감개무량했다.

집을 사게 되자 마리아가 많이 좋아했다. 정원의 한쪽에는 화단을 만들어 꽃을 심고 다른 한편에는 사과나무 같은 것을 심기도 했다.

라일락이나 등나무를 심어놓는 것을 보며 삼열은 고개를 갸웃거렸다. 하지만 나중에서야 마리아가 왜 그런 나무를 심었는지 알게 되었다.

정원이 향긋한 꽃향기로 가득했을 때야 삼열은 마리아가 현명한 여자라는 것을 다시 인정해야 했다.

삼열은 스프링 캠프에 참가하여 아이들을 만나면서 다시 1천 달러의 사인을 해줘야 했다.

올해는 엄청난 아이들이 몰려와 사인을 받아갔다. 자신을 보려고 온 아이들을 상대로 사인을 해주지 않을 수 없어 해주다 보니 무려 1백만 달러어치의 사인을 해주고 말았다.

이전보다 부자가 된 그는 마음의 여유가 생겼다. 작년에는 1천 달러의 사인을 해주면서도 적은 연봉 때문에 긴장했지만 지금은 그렇지 않았다.

삼열은 시카고 트리뷴지와의 인터뷰에서 그 사실을 말하고는 티셔츠를 사줄 것을 호소했다. 그러자 주춤했던 티셔츠 판매가 엄청나게 늘어나기 시작했다.

스프링 캠프에서 삼열은 상대 타자들에게 난타를 당했다. 새로 배운 스크루볼의 각도가 너무 밋밋해서 당한 것이다.

눈썰미가 좋은 기자들은 삼열이 새로 배운 구종을 실험하는 것이라는 것을 눈치챘지만 대부분의 사람은 삼열이 2년 차 징크스를 겪고 있다고 걱정하기 시작했다.

"젠장!"

"너 괜찮아?"

로버트가 삼열을 걱정해 주는 척 물었지만 표정을 보니 은근히 기뻐하고 있었다. 동생들의 등록금을 벌어야 하는 그는 최근에 다시 삼열을 연습 라이벌로 정해서인지 삼열이 잘못되면 은근히 좋아했다.

"아주 살판이 났구나."

"뭐, 이 정도야 기본 아니겠어?"

로버트는 어제에 이어 오늘도 홈런을 때렸다. 방망이에 물이 잔뜩 올라 휘두르면 안타거나 홈런이었다.

삼열은 타자가 발전하면 자신이 승리 투수가 될 가능성이 높아져 좋아해야 했지만, 그게 로버트라면 오히려 기분이 나빠졌다.

자신을 걱정해 주는 척하면서 좋아하는 로버트의 얼굴을

보면 주먹이 저절로 움직이곤 했다. 그래서 몇 번 뒤통수를 가격했는데, 그럴 때마다 로버트는 삼열을 상대하지 않고 코치진에게 일렀기 때문에 삼열은 감독에게 불려가 잔소리를 들어야 했다.

샘 잭슨 투수 코치가 삼열에게 다가와 그의 어깨를 두드려 주었다.

연일 신문에선 삼열을 씹고 있었다. 지금대로라면 삼열은 영웅에서 추락하여 미운 오리가 될 것이다. 하지만 샘 잭슨 투수 코치만이 삼열의 부진 원인을 정확하게 알고 있었다. 그가 구단에 보고했기에 구단도 삼열의 부진을 걱정하지 않았다.

구단이 삼열을 개막전에 내보낸다고 하자 모든 신문과 매스컴이 반대하며 컵스가 올해도 리빌딩만 하고 정작 본 경기에는 관심이 없는 것 같다고 비판적인 글들을 쏟아냈다.

그도 그럴 것이 삼열의 스프링 캠프 때의 자책점은 무려 7.4였다.

작년에는 자책점이 1점도 안 되고 23승 4패를 한, 사이영상을 수상한 선수라고 믿을 수 없을 정도의 투구 내용이었다. 일부에서는 삼열이 작년에 너무 혹사를 당하여 부상을 입은 것이 아닌가 하는 의혹을 제기하기도 했다.

삼열은 스프링 캠프가 끝나 집으로 돌아오고 난 뒤에 신문을 읽으며 인상을 썼다. 거기에는 삼열이 스토브 리그 기간에 몸 관리를 제대로 못해 완전 추락했다는 내용이 담겨 있었다.

─영웅의 날개, 고작 1년 만에 꺾이고 마는 것인가!

삼열은 제목만 읽고 내용은 읽지도 않았다. 기분이 나빴기 때문이다. 다만 글을 쓴 기자의 이름만은 외워놓았다.

"저 녀석이 있는 신문사와는 인터뷰하지 말아야지."

삼열은 자신이 잘못해 각종 의혹을 만들어놓고 화풀이만 하려고 했다. 그래도 아직 대부분의 신문이나 매스컴은 삼열의 추락을 믿지 않았다.

몇몇 전문가들이 삼열이 새로운 구종을 시험하고 있다고 언급했기 때문이다.

하지만 워낙 삼열이 형편없는 경기를 하는 바람에 그러한 주장도 힘이 없었다. 그래서 대부분의 기자는 앞으로 한두 경기 더 지켜보아야 한다는 포지선을 취했다. 그런데도 삼열에 대한 기사의 논조는 부정적인 뉘앙스가 우세한 편이었다.

"니들이 그렇지, 뭐."

일부 언론 기사 중에는 삼열이 지나치게 많은 광고를 촬영하여 동계 훈련이 부족했다는 내용도 있었다.

"니들 다 죽었어."

삼열은 주먹을 굳게 쥐었다. 그러면서 속으로 중얼거렸다.

'젠장, 올해는 스크루볼은 못 던지겠군.'

스크루볼을 던지는 족족 안타나 홈런을 맞았다. 직구의 구속은 그대로였지만 커브의 각이 제대로 꺾이지 않고 오히려 너무 완만하게 변화해서 던지는 족족 난타를 당한 것이다.

이렇게 될 때 타자들이 한 가지 구종을 노리게 되면 아무리 강속구를 가지고 있어도 버티기 힘들어진다.

"여보, 힘내요."

마리아가 귀여운 포즈를 취하고 삼열에게 말했다.

"아이, 당신까지 걱정하고 있었던 거야? 내가 말했잖아, 새로운 구종을 익히는 것을 시험해 본 것이라고."

"네, 전 믿어요. 그래도 조심해서 나쁠 것은 없잖아요."

"끙."

삼열은 말은 저렇게 하지만 마리아조차 자신을 믿지 않는다고 생각했다. 하지만 마리아는 정말 삼열의 말을 100% 믿고 있었다. 주위에서 하도 말이 많으니 걱정이 되긴 했지만.

'젠장, 실력으로 증명하는 수밖에 없군.'

삼열은 아무리 입으로 말해도 눈으로 한 번 보여주는 것보다 못하다는 것을 깨닫고는 입술을 깨물었다. 그의 눈은 승부에 대한 욕망으로 불꽃처럼 활활 타올랐다.

6. 마틴 스트라우스

MLB
메이저리그

컵스와 워싱턴 내셔널스의 경기가 잡히자 표는 눈 깜박할 사이에 동이 나버렸다.

특히나 삼열이 컵스의 제1 선발이 되고 나자 내셔널스의 마틴 스트라우스와의 맞대결이라는 빅 이벤트에 팬들이 무척이나 흥분하였다.

삼열이 비록 시범 경기에서는 죽을 쑤기도 했지만, 팬들은 그래도 100마일을 던지는 파이어볼러들의 맞대결에 굉장한 관심을 가지기 시작했다.

워싱턴 내셔널스는 작년에 동부 지구 1위를 하였고 마틴 스트라우스도 19승 9패에 평균 자책점은 2.98을 거두었다.

그는 184이닝을 던져 이닝 이터로서는 자리매김을 하지 못해 약간 아쉬움을 남기기는 했지만 inverted W의 투구폼을 가진 그가 많은 이닝을 책임질 수는 없었다.

경기당 그가 책임진 이닝은 5.8이닝으로 6이닝을 채우지 못했다. 반면 그는 타격에도 재능이 있어 타율이 무려 0.34이고 출루율도 0.41이나 되었다.

작년에 내셔널스가 동부 지구 1위를 할 수 있었던 것은 투타의 조화에 기인한다. 특히나 막강한 선발진에 이어 불펜진의 놀라운 호투는 이기고 있던 경기를 내주는 경우가 드물어 일찌감치 지구 1위를 굳혔다.

가을 축제에 참여하게 된 것은 전신인 몬트리올 엑스포 시절을 포함해 30년 만에 처음 있는 일이었다. 워싱턴 내셔널스가 2005년에 연고지를 바꾼 것을 감안해도 내셔널스는 오랜 시간 동안 거의 암담한 시절을 보냈다고 할 수 있다.

비록 리그 디비전에서 승리를 하고 챔피언시리즈에서 패하여 월드시리즈에 진출하지는 못했지만 예전에 비하면 용이 되었다고 볼 수 있다.

삼열은 새롭게 컵스의 에이스가 되어 상대 팀의 에이스를 맞상대하게 된 것이 조금 불편했다.

승부욕에 불을 지르는 뜨거운 맛은 있어도 승수 쌓기에는 불리한 점이 많았기 때문이다. 상대 팀의 에이스를 상대로 컵스의 타자들이 점수를 뽑아내는 것은 쉬운 일이 아니니까.

삼열은 들끓는 취재 열기를 느끼며 마운드로 올라갔다. 그가 마운드에 서자 관중석에서 파워 업이 돌림노래처럼 날아들었다.

신선한 바람이 마운드를 스치고 지나가자 삼열은 기분이 좋았다.

"니들 다 죽었어."

삼열은 시범 경기에서 욕을 너무 먹어 잔뜩 벼르고 있었다.

승수에 기록되지도 않는 경기에는 최선을 다하고 싶지 않았기에 새로 배운 구종들을 중점적으로 던졌다. 체인지업도 서클체인지업으로 바꾸면서 위력이 강해졌지만 손에 아직 익지 않았다.

1루를 보니 대부분의 관중이 파워 업 티셔츠를 입고 있었다. 이제는 어른용 저지도 판매되었기에 그가 등판하는 날에는 구단의 저지보다 더 많은 파워 업 티셔츠를 입은 사람들이 삼열을 응원하였다.

이 모두가 막스 애덤스의 손자 조나단의 수술비를 대주고 난 뒤에 생긴 일이다.

자신들이 사준 티셔츠가 어린 생명을 살리는 데 사용된 것을 알고는 어른들도 삼열의 62번 번호가 붙은 파워 업 티셔츠를 구입했다.

삼열은 마운드에서 공을 뿌렸다. 그의 의도대로 공이 매끄럽게 날아갔다. 삼열은 손끝에 걸리는 야구공의 실밥을 아주 분명하게 느껴졌다.

겨우내 광고 촬영을 빼고는 연습장에서 살다시피 하면서 보낸 위력이 나타나는 것 같아 기분이 좋았다.

공은 날카롭고 예리하게 날아가 포수의 미트에 꽂혔다. 미트에 꽂히는 소리를 통해서도 공이 얼마나 묵직한지 알 수 있을 정도로 좋았다.

"다 죽었어. 한 놈도 못 나가."

삼열은 타석에 들어서는 타자를 보며 중얼거렸다.

1번 타자 데이몬은 작년에 부상으로 출장 경기가 부족하였지만 여전히 많은 안타를 때렸다. 152개의 안타와 0.289의 타율로 내셔널 리그의 타격 27위에 랭크된 선수다.

데이몬은 배트를 좌우로 흔들며 타석에 들어섰다. 그는 삼열이 강속구 투수이지만 시범 경기에서 형편없는 공을 던져 난타를 당한 것을 보고는 잘하면 안타를 칠 수 있을 것으로 생각했다.

'와라. 홈런을 날려주마.'

데이몬은 자신이 있었다. 작년에 그가 거둔 성적은 경이로운 것이라 올해도 자신감으로 충만했다. 그가 타격 자세를 취하자 공이 바로 날아왔다.

퍼엉.

데이몬은 눈을 껌벅거렸다. 상대 투수가 공을 던진 것은 알았지만 몸이 미처 반응할 수가 없었던 것이다.

"아, 젠장."

슬쩍 전광판을 살펴보니 조금 전의 공은 103마일이었다. 약간의 웅성거림이 있었지만 관중의 소요는 금세 잦아들었다.

삼열이 언제든 100마일 이상의 공을 던질 수 있는 투수라는 것을 잘 아는 홈팬들이었다.

다시 배트를 힘껏 휘둘렀다. 이번에는 공이 제대로 보였기 때문이다.

딱.

데굴데굴.

타구는 데굴데굴 굴러갔고 유격수 스트롱 케인이 재빨리 잡아 1루로 송구하였다. 데이몬은 간발의 차로 아웃되자 입이 썼다. 침을 뱉고는 호흡을 깊게 했다. 상대 투수에게 농락당한 것 같아 기분이 좋지 않았다.

구단이 작년의 기록을 토대로 투구를 분석했는데 삼열의 공은 분석을 해봐야 별 소용이 없었다. 수십 번의 투구 동작을 분석해도 마치 로봇이 공을 던지기라도 한 듯 매번 투구폼이 동일했던 것이다.

게다가 커브를 제외하고는 그가 던지는 공 대부분이 직구로 던지는 투구폼이라 예측하기 불가능에 가까운 투수였다.

그래도 올해 시범 경기에 죽을 쑤어 내심 속으로 기대를 했는데 그게 잘못된 정보인 것 같았다. 작년에 대결했을 때보다 공이 더 날카로워져서 상대하는 것이 어려웠다.

삼열은 투심 패스트볼을 건드려 땅볼로 아웃된 데이몬이 더그아웃으로 들어가는 것을 바라보았다.

그는 출루하면 투수의 신경을 건드리는 타자다. 그는 한 해에 20개 전후의 도루를 했고 발이 빨라 단타에도 쉽게 득점을 올리기도 했다.

2번 타자 대니 잉스가 타석에 들어섰다. 삼열은 그를 보며 호흡을 가다듬었다. 작년에 그의 타율은 0.244밖에 되지 않았다. 하지만 방심하지 않기 위해 마음을 단단히 먹었다.

괜히 앞 타선에 배치된 것이 아닐 것이다. 그는 특히 찬스에 강하니 주의할 필요가 있었다.

삼열은 공을 던졌다.

딱.

퍼억.

삼열은 허벅지에 격렬한 통증을 느끼며 쓰러졌다. 빗맞은 공이 바운드되면서 그의 허벅지를 강타한 것이다. 삼열이 일어나 공을 잡으려고 하는데 어느새 로버트가 다가와 1루로 던져 타자를 아웃시켜 버렸다. 역시 수비 하나는 레전드급이었다.

"괜찮아?"

"네 눈에는 괜찮아 보이냐?"

"아니, 하나도 안 괜찮아 보여."

의료진이 다가와 삼열의 허벅지를 살펴보았다. 다행스럽게 바운드된 공에 맞은 거라 기습적이기는 했어도 부상은 심하지 않았다. 의료진이 치료하는 동안 삼열은 오늘 재수가 없다는 생각을 했다.

1회라 불펜진도 준비를 안 한 상태여서 삼열이 시간을 끌어야 했다. 치료를 받고 일어나 걸어보니 그다지 투구에 지장이 있을 것 같지는 않았다.

"할 수 있을 것 같나?"

베일 카르도 감독이 걱정스러운 얼굴로 물었다.

"배 째요."

"할 만한가 보군. 가능한 5회까지만 버텨주게."

삼열은 고개를 끄덕였다. 여기서 맥없이 물러나고 싶은 마음은 전혀 없었다.

빗맞은 땅볼에 당한 것이지만 조금 부주의하긴 했다. 공을 던진 다음 아무런 생각 없이 그대로 있다가 당한 것이었기 때문이다. 조금만 주의를 기울였다면 피할 수 있는 공이었다.

'복수다. 에이스의 무서움을 보여주마.'

팀의 에이스라는 생각은 눈곱만큼도 없던 그는 한 대 얻어 맞자 오기가 생겼다.

자신의 부주의로 한 방 맞고는 속 좁게 앙심을 품은 삼열은 그때부터 무시무시한 공을 던지기 시작했다.

컵스의 홈경기라 부스를 배정받고 신나게 방송을 시작하려던 장영필 아나운서와 송재진 해설 위원이 쓰러진 삼열을 보며 안타깝게 소리를 질렀다.

—아, 이게 웬일인가요? 강삼열 선수 쓰러졌는데 큰 부상이 아니었으면 합니다.

—느린 그림으로 다시 나오는데요, 굉장히 빠른 강습 타구였군요. 비록 그라운드에 바운드가 된 공이기는 하지만 굉장히 아팠을 것 같은데요. 게다가 맞은 부위가 애매해요. 투수들이 가장 걱정하는 허벅지 아닙니까? 잘못하면 햄스트링 부상으로 이어질 수도 있으니 조심해야 해요.

—저 정도로 맞으면 아무래도 투구에 지장을 받겠죠?

장영필 아나운서가 송재진 해설 위원에게 걱정스러운 눈빛으로 물었다.

삼열은 그들에게 자랑스러운 한국인이기 때문이다. IMF 경제 위기 때 박찬호 선수가 온 국민의 마음을 위로해 주었다면, 다시 불황에 빠져들고 있는 상황에서 삼열이 적지 않은 시원함을 국민에게 주고 있었다.

대기업도 돈을 쌓아놓고 있으면서도 불안정한 세계 경기 때문에 광고를 줄이고 있는 실정인데도 불구하고 KBC ESPN은 오히려 광고가 늘어나고 있었다. 모두 다 삼열의 메이저리그 경기 때문이었다.

─상당한 지장을 받지요. 아무래도 아픈 부위를 투수가 의식을 안 할 수 없고, 그렇게 하다 보면 투구의 밸런스가 무너질 수도 있습니다.

의료진이 물러나자 삼열은 다시 공을 던지기 시작했다.

공 세 개로 3번 타자 테오 월벡을 잡아버렸다. 모두 낮게 제구된 직구로 104마일의 공이었다.

─굉장하군요. 강삼열 선수, 오히려 부상당하기 전보다 더 강력한 공을 던지고 있군요.

─조금 더 지켜봐야 할 것 같은데, 아무래도 빨리 이닝을 마치고 쉬면서 다친 부위를 치료하려는 의도 같습니다.

─아, 그렇군요. 의료진이 얼음 팩을 준비해 주네요. 저렇게 하는 것을 보니 부상이 간단하지 않은가 보군요.

─야구공에 얼마나 강하게 맞았느냐도 중요하지만 어느 부위를 맞았느냐가 더 중요합니다. 인체의 급소에 맞으면 강하게 맞지 않았다 하더라도 예상외로 부상이 클 수가 있으니까요.

―송재진 위원님, 강삼열 선수가 더그아웃에 그대로 있는 것을 보니 아직 교체되거나 하진 않을 것 같은데 어떻게 보십니까?

―맞습니다. 불펜진이 경기 전에 몸을 풀긴 했어도 마운드에 올라가서 공을 던질 정도는 아닙니다. 매 경기를 대기해야 하는 불펜 투수들이 그렇게 하면 피로도가 굉장히 올라갈 수밖에 없거든요. 그래서 몇 이닝은 강삼열 선수가 계속 던져야 할 것 같습니다.

마운드에 있을 때는 몰랐는데 더그아웃에서 보니 허벅지가 조금 부었다. 얼음으로 찜질하는데도 맞은 부위가 은근히 아팠다.

'젠장, 정상의 몸이 되고 나니 옛날이 부럽구나.'

신성력이 몸 안에 있을 땐 잠시 졸다가 일어나면 이 정도의 부상은 다 나았었다.

베일 카르도 감독은 걱정스러운 눈으로 삼열을 바라보고는 팀 닥터에게 물었다.

"정말 괜찮겠소?"

"괜찮을 것 같습니다. 조금 붓기도 했지만 다행스럽게도 신경이 예민한 부위가 아니었습니다. 이건 삼열 선수의 두꺼운 허벅지의 덕인 것 같군요. 강력한 근육이 부상을 막았다는 것이 더 정확한 말이죠."

"휴우, 다행이군요."

베일 카르도 감독은 가슴을 쓸어내렸다.

시즌이 시작하자마자 에이스가 부상을 당한다면 대책이 없다.

스토브리그에 팀을 재정비하였다. 당장 선발로 경기에 나서기에는 무리가 있을지는 몰라도 팀은 확실히 어린 선수들로 구성되는데 그 중심에 삼열이 있다. 잘못하면 그런 계획들이 한순간에 와르르 무너져 내릴 수도 있는 일이다.

삼열은 허벅지에 아이스 팩을 하며 의자에 기대어 눈을 감았다.

작년부터 버릇이 된 것인데 오늘은 눈을 감자마자 졸음이 몰려왔다.

'몰라, 시간 되면 깨우겠지.'

삼열은 눈을 감고 잠에 빠져들었다. 그러자 몸 안에 있던 불꽃들이 폭죽을 터뜨리며 심장에서부터 모세혈관에까지 튀어나왔다.

그중 몇은 핏빛의 샐러맨더의 모양으로 주위를 돌아다니더니 삼열의 허벅지로 내려갔다.

지글지글.

살이 타는 냄새가 나는 것 같더니 순식간에 부상당한 부분을 불꽃이 치유해 버렸다.

삼열의 심장에 박힌 불꽃은 상처를 치유하는 능력이 있다. 그의 루게릭병을 고친 것은 신성력이 아니라 그의 심장에 있는 불꽃이었던 것이다.

"헤이, 삼열. 일어나. 공수 교대야."

"응……? 알았어."

삼열은 허벅지에서 아이스 팩을 떼어내자 몸이 가뿐해진 것 같았다.

'어? 이상한데?'

허벅지의 통증이 줄어들었을 뿐만 아니라 붓기도 많이 가라앉았다. 그는 마운드에 가서 설 때까지도 이상해서 머리를 좌우로 흔들었다.

4번 타자로 페아제 모스가 나왔다. 그는 검은 구레나룻이 인상적이었다.

메이저리거들은 상대에게 자신의 인상을 강렬하게 남기기 위해 많은 노력을 한다.

그중 하나가 수염을 기르는 것이다. 머리카락은 자른다든지 해봐야 소용이 없다.

어차피 모자를 쓰고 경기를 하니 장발이든 대머리든 아무 소용이 없다.

타자들이 이렇게 하는 이유 중의 하나는 상대 투수가 자기를 우습게 보지 못하게 하기 위함이다. 투수가 타자에게 자신감을 가지게 되면 더욱 강력한 공을 던질 수 있게 되기 때문이다.

그래서 같은 타율을 가진 타자라 하더라도 투수는 상위 타순에 있는 타자에게 부담감을 가지게 되고 하위 타자들은 우습게 보는 경향이 있다.

가끔 방심하다가 하위 타자에게 일격을 맞기도 하지만 대부분의 투수는 하위 타순의 타자에 대해 자신감을 가지고 공을 던진다.

삼열이 다시 공을 던졌다.

펑.

공이 섬광처럼 날아가 미트에 꽂혔다. 공은 마치 화살처럼 순식간에 목표에 도달했다.

페아제 모스가 배트를 휘둘렀지만 이미 공이 지나가고 난 다음이었다.

"하아."

작은 신음이 저절로 튀어나왔다.

원래 이런 약한 태도를 상대편 투수에게는 보이지 않는다. 하지만 삼열의 공을 목격하고 나면 자연스레 한숨이 터져 나오곤 한다. 결국 그는 4구 만에 삼진을 당하고 물러났다.

5번 타자는 J.하퍼. 야구 천재라는 별명이 무색하게 그의 작년 타율은 형편이 없었다. 그의 작년 타율은 0.255에 불과했다.

그의 투지 넘치는 경기도 메이저리그에서는 잘 통하지 않았다.

고등학교에서는 더 이상의 적수가 없어 학교를 그만두고 검정고시를 통해 일찍 대학에 갔다. 그리고 아마추어 최고의 상인 골든 스파이크 상을 받았다.

이 상을 받은 선수는 마틴 스트라우스, 드라이포드, 마크 프라이어, 데이비드 프라이스, 베일 포즈 등이 있다.

J.하퍼는 천천히 타석으로 걸어갔다. 그는 어떻게 하든지 오늘 안타를 때리고 싶었다.

작년에는 원하는 만큼의 성적이 나오지 않아 팬들을 실망시켰다. 메이저리그의 거대한 벽에 막힌 듯했다. 언제나 최고였던 자신이 메이저리그에 오자 평범한 선수가 되어버린 것이다.

J.하퍼는 입술을 깨물며 반드시 안타를 칠 생각을 했다. 그러나 그가 생각한 것보다 상대 투수의 공은 너무나 빨랐다.

공이 날아오는 것이 작은 수박씨만 하게 보였을 뿐이다. 그리고 공이 지나가는 소리는 마치 기차 소리처럼 요란했다.

'젠장.'

터무니없이 빠른 주제에 왜 이리 제구는 정확한지, 공은 마치 자로 잰 듯 치기 어려운 곳으로 날아들었다. 물론 모두 스트라이크였다.

'친다. 반드시 친다.'

J.하퍼는 상대 투수가 공을 던지자 반사적으로 배트를 휘둘렀다. 그러지 않으면 빠른 공에 적응할 수 없기 때문이다.

배트가 나가면서 손목의 힘만으로 배트의 방향을 조절할 생각이었다.

그런데 공은 생각보다 느리게 날아왔다. 배트를 휘두른 지 한참 후에 공이 도달했다. 서클체인지업이었다.

직구의 투구폼이었으니 하퍼는 상대 투수가 강속구를 던질 것으로 예상했다. 그런데 느리게 날아온 공이 횡으로 휘어져 들어온 것이다.

"젠장."

그의 행동에 관중들이 웃어버렸다.

'제길, 제길.'

우습기도 할 것이다. 공이 오기도 전에 배트를 휘둘렀으니까.

J.하퍼는 투수를 노려보았다. 상대 투수는 무모하리만치 볼을 안 던진다. 그래서 배트를 휘두르지 않으면 영락없이 삼진을 당하고 만다.

메이저리그에서 가장 공격적인 피칭을 하면서도 작년도 평균 자책점이 0.98이었다.

말도 안 되는 경이로운 수치였다. 105마일의 강속구로 무장했기에 공략 불가에 가까운 투수다. 워싱턴 내셔널스의 기술 분석팀도 삼열의 투구에서는 허점을 잡아내지 못했다.

J.하퍼는 마음을 가라앉히고 다시 타석에 섰다. 삼열은 그런 그를 보며 피식 웃었다. 그 모습을 본 J.하퍼는 이를 갈았다.

삼열이 공을 던지자 J.하퍼는 배트를 휘둘렀다.

평.

이번엔 볼이었다.

J.하퍼는 자신이 농락을 당한 것 같아 감정을 참지 못하고 배트를 바닥에 내려쳤다. 어이없게도 배트가 두 동강 나자 아차 싶어 재빨리 부서진 배트를 주워 들고 더그아웃으로 도망치듯 들어왔다.

주심이 노려본 것을 눈치채고 경고를 받기 전에 들어온 것이었다.

"어땠어?"

7번 타자 윌리 라모스가 타석에서 들어설 준비도 하지 않고 더그아웃에서 J.하퍼에게 물었다.

"엄청 빨라. 교활하고."

"결국 시범 경기에서 죽 쑨 것은 일종의 페이크였군."

"그렇겠지. 저 대단한 투수가 아무리 시범 경기라 하더라도 자책점이 7점대가 넘어간다는 것은 말이 안 돼. 뭔가를 시험하다가 두들겨 맞은 거겠지."

"저 새끼도 팬이나 언론에 무지 욕을 먹었던데."

"저 녀석은 욕을 항상 먹어서 전혀 신경도 쓰지 않을 거야."

라모스는 배트를 가지고 더그아웃에서 좌우로 몇 번 흔들고는 천천히 밖으로 나갔다. 대기석에서 배트를 몇 번 휘두르고 나니 예상대로 공수가 교체되었다.

'젠장, 하늘 한번 무지하게 맑군.'

내셔널스의 선수들은 글러브를 집어 들고 천천히 그라운드로 나갔다.

삼열은 더그아웃에서 상대 투수의 공을 지켜보았다. 마틴 스트라우스는 97마일의 직구와 80마일의 커브, 그리고 90마일의 체인지업이 일품인 투수다.

커브와 체인지업이 뛰어나다고 보기에는 무리가 있지만 직구의 스피드가 좋다 보니 공속이 달라지면서 타자들이 적응을 제대로 하지 못한다.

그는 케리 우드와 비슷하다고 할 수 있다.

우드는 97마일대의 직구와 슬라이더가 굉장했다. 반면 마틴 스트라우스의 90마일짜리 서클 체인지업은 타자들을 헷갈

리게 만들고 가끔 던지는 슬러브도 위력적이었다. 커브보다는 빠르고 슬라이더보다 휘는 정도가 심한 슬러브를 던지면 타자들은 속수무책이었다.

'제법이네.'

삼열은 피식 웃었다. 그래 봐야 inverted W의 투구폼을 가진 그는 투구 수가 많아야 100개 내외다. 물론 120개도 던질 수 있겠지만 그렇게 되면 팔꿈치에 무리를 주게 된다.

W의 반대 모양을 가진 이 투구폼으로 투수가 공을 던지면 스피드를 내기 위해 팔꿈치에 무리를 주게 된다. 오버핸드보다 더 많은 근육을 사용해야 된다는 말이다.

그래서 inverted W의 투구폼을 가진 투수는 투구 수를 제한하지 않으면 쉽게 망가질 수 있다. 마크 프라이어의 어깨가 망가진 것도 혹사 때문이지만 inverted W의 투구폼 때문이라는 말도 있었다.

'좀 던지게 해줄까?'

삼열은 루크 애플링 놀이를 그만두었지만 가끔 생각날 때도 있었다.

작년에도 자신이 커트 놀이를 했다면 2승 정도는 더 챙겼을 것으로 생각했다.

삼열은 외야에서 레리 핀처가 친 공을 잡는 J.하퍼를 노려보았다.

'저 녀석이 방망이를 바닥에 던졌었지. 좋아, 악 소리가 나게 해주마.'

삼열은 음흉하게 웃었다. 인생이란 심각할 게 뭐가 있는가 하는 생각이 들었다. 죽도록 연습하고는 최선을 다하면 그뿐이다.

헨리 아더스가 타석으로 들어서서 타격 준비를 했다. 삼열은 대기석에서 배트를 휘두르는 로버트에게 다가갔다.

"야!"

"왜 또?"

로버트가 신경질적으로 반응했다. 그도 마틴 스트라우스의 공을 어떻게 공략할까 아무리 머리를 써봐도 답이 안 나왔는데 삼열이 말을 걸자 신경질이 난 것이다.

"어쭈, 너 죽을래? 요즘 많이 봐줬더니. 너 이렇게 카메라 많은 곳에서 맞아볼래?"

"누, 누가 그렇대? 그런데 왜?"

"가능한 투수와 승부 천천히 해라."

"뭐어?"

"공을 많이 던지게 하라고."

"오우, 너 커트 신공 하기로 했냐?"

"알았지?"

"오케이."

로버트는 신이 나 고개를 끄덕이다가 타석에 물러나서 배트를 흔드는 헨리에게 다가가 뭐라고 속닥였다. 그러자 헨리가 고개를 끄덕이고는 타석에 들어섰다.

그때부터 헨리는 끈질기게 승부했다.

일단 배트를 짧게 잡고 단타를 칠 요량으로 끊어 치기 시작했다.

붙박이인 존 마크를 완전히 밀어내고 부동의 선발이 될 수 있었던 것은 막강한 공격력 때문이었다. 아직도 수비에 문제가 있긴 하지만 중심 타자로서 한몫하는 그를 뺄 수 있을 만큼 컵스의 사정이 좋지는 않았다.

결국 헨리 아더스는 8구 끝에 삼진을 당했다. 그리고 타석에서 물러나면서 로버트를 향해 손가락으로 브이를 그렸다.

로버트 역시 타격에는 재능이 있다. 작년에 타율이 0.277이었지만 장타율이 높고 찬스에서 한 방을 터뜨려 줘 팀 공헌도가 무척이나 높았다.

그의 올해 연봉은 110만 달러. 메이저리거로서 많은 금액은 아니지만 데뷔 2년 차에 이 정도 금액을 받는 것은 쉬운 일이 아니었다.

삼열도 연봉은 120만 달러지만 사이드 옵션으로 최고 800만 달러까지 받을 수 있게 되었다.

로버트는 장타력이 있는 타자다. 그는 작년에 홈런을 22개나 쳤다. 그런 그가 배트를 짧게 잡았다.

"어라, 쟤네들 왜 저래?"

존 마크가 한마디 하자 헨리가 대답했다.

"삼열이 승부를 느리게 하라고 해서요. 뭔가 있을 것 같아서 저러는 거죠."

"그래? 아하하하하. inverted W의 투구를 하는 마틴 스트라우스에게 엿을 먹이려는 것이군. 그럼 이제 삼열이 타격에서 커트 놀이를 한다는 말이잖아!"

"아마도 그렇겠죠."

존 마크가 마틴 스트라우스를 불쌍한 표정으로 바라보았다. 그러고는 한마디 했다.

"저 녀석 무지하게 불쌍하게 되었네."

"그렇죠. 삼열이 엄청 갈구면서 커트를 할 텐데요."

삼열은 타자들이 자신에 대해 뒷담화를 하는지도 모른 채 마틴 스트라우스의 투구를 지켜보았다.

이제 다음 이닝에는 자신도 타격해야 하기에 상대 투수의 투구를 눈여겨보는 것이었다.

그의 투구 스타일과 구질을 보니 루크 애플링 놀이를 쉽게 할 수 있을 것 같았다. 삼열의 엄청나게 발달한 동체 시력과 무지막지한 손목의 힘이라면 안타는 몰라도 컨택은 충분히 할 수 있었다.

도둑질도 해본 놈이 잘한다고, 커트질도 하다 보니 요령이라는 것이 생겨서 힘들이지 않고도 툭툭 끊는 기술이 생긴 것이다.

같은 투수로서 치사해서 안 하는 것이지, 할 수 없었던 것은 아니었다.

대니 잉스가 친 강습 타구에 맞은 고통과 J.하퍼가 스트라이크 아웃되면서 배트를 부러트린 행동이 그의 마음을 삐뚤어지게 만들었다.

그는 투수 연봉만 받는데 굳이 타자의 역할까지 할 필요는 없고 또 같은 투수라는 동료 의식에 근거한 동정심이 생기고 해서 그동안 하지 않았다.

로버트가 9구 끝에 안타를 치고 나갔다.

'어라? 이거야말로 대박이네.'

삼열은 1루에서 손을 흔드는 로버트를 보고 타격에 관해서는 난놈은 난놈이라고 생각했다.

적어도 그는 그라운드 안에서는 누구보다 뛰어난 천재였다. 문제는 경기장 밖에만 나가면 어리숙하여 사람들에게 쉽게 사기를 당하고 놀림도 당하곤 한다는 것이다.

한마디로 그는 조 잭슨의 아류였다. 삼열은 그래도 그가 좋았다. 가족을 사랑하는 그를 보면 항상 마음이 따뜻해졌기 때문이다.

스티브 칼스버그가 나가는 것을 보고 삼열이 그에게 다가가 한마디 했다.

"스티브, 천천히 승부해."

"뭐어?"

"아휴, 이걸 그냥."

자기보다 타격에 재능이 뛰어난 두 선수가 하는 것을 보고 알아차려야 하는데 그는 다른 생각을 했는지 삼열의 말에 눈만 껌벅거렸다.

"네 마음대로 해라."

"오케이."

삼열은 타석으로 가는 그를 보며 주먹에 힘이 들어가는 것을 느꼈다.

그는 결국 3구만에 삼진을 당했다.

'네가 그렇지, 뭐.'

삼열은 마운드에 오르면서 중얼거렸다.

7번 타자 애덤 프린스가 타석에 들어섰다. 삼열은 그를 가볍게 3구 삼진을 잡아냈다.

대체로 강속구 투수의 공을 첫 타석에 안타로 치기란 매우 어렵다. 빠른 공에 적응되지 않으면 타이밍을 맞출 수 없기 때문.

그러나 메이저리그 대부분의 정상급 투수들은 95마일 전후의 공을 던지기에 타자들이 빠른 공에 적응하는 데에 시간이 오래 걸리지 않는다. 한두 타석을 거치면 바로 적응할 수 있다.

그래서 메이저리그에서 투수가 롱런하기 위해서는 최소한 빠른 직구를 받쳐 줄 수 있는 다른 강력한 구질이 있어야 한다. 그런 이유로 메이저리그의 정상급 투수들은 강속구가 있음에도 최고의 슬라이더나 커브, 체인지업을 구사할 줄 안다.

강속구 투수들이 선호하는 것 중의 하나가 체인지업이다. 직구와 같은 투구폼으로 던지니 타자들이 잘 속기 때문이다.

결국 야구는 타이밍 싸움이다. 그렉 매덕스가 90마일의 공을 던질 수 있음에도 그렇게 하지 않은 이유는 타이밍만 뺏으면 타자들은 안타를 칠 수 없기 때문이다.

삼열은 스카우터 덕 맵슨에 의해 그렉 매덕스가 컵스에서 데뷔한 것을 컵스에 오고서야 알았다. 그의 등번호 31번은 컵스의 영구 결번이기도 했다.

그 사실을 알았을 때 삼열은 사이 영과 미묘하게 닮은 그렉 매덕스에 대해 더욱 관심을 가지게 되었다. 두 사람 다 맞혀 잡기의 달인들이다. 그리고 그것이 삼열의 투구에도 영향을 미쳤다.

야구는 타이밍 싸움이라는 것.

삼열에게 강속구는 효과적으로 타자의 타이밍을 뺏는 것에 지나지 않았다. 아직은 결정적인 순간에는 강속구를 던지곤 했지만 삼열이 의도한 바는 아니었다.

삼열은 살살 던지고도 승리 투수가 되고 싶었다. 105마일을 던질 수 있다는 것과 던지는 것은 엄청난 차이가 난다.

실제로 슬슬 던진 날과 강속구를 뿌린 다음 날은 엄청나게 달랐다. 강속구를 뿌린 다음 날에 일어나면 피곤함을 많이 느꼈다.

신성력이 없어진 다음에는 피로 회복이 이전과는 다르게 엄청나게 느렸다. 그래서 삼열은 가능한 무리를 하지 않으려고 했다.

삼열은 8번 타자 역시 3구 삼진을 시키고 9번 타자로 들어온 마틴 스트라우스를 보았다. 투수치고는 엄청난 타격을 하는 마틴 스트라우스가 타석에 바싹 붙었다.

'아쭈'

삼열이 칼스버그에게 몸쪽 공을 던지겠다고 사인을 하자 그가 마틴 스트라우스에게 말했다.

"헤이, 스티븐. 몸쪽으로 공이 날아올 거야."

"뭐어?"

마틴 스트라우스는 무슨 말인지 몰라 어리둥절한 표정을 지으며 있었다. 그리고 진짜로 몸쪽으로 무시무시한 공이 날아왔다.

마틴 스트라우스는 기겁을 하며 뒤로 피했다. 만약 피하지 않았다면 생각도 하기 싫을 정도였다.

아무리 강철 심장을 가진 그라도 103마일의 몸쪽 공에는 간담이 서늘할 수밖에 없었다. 만약 맞았다면 시즌 아웃이 될 확률이 높았다.

"이봐, 넌 저 꼴통에 대한 소문도 듣지 못했어? 저 괴물은 타자가 지나치게 플레이트에 붙으면 꼭 몸쪽 공을 던져. 맞으면? 알아서 생각해. 투수 생활 계속하려면."

마틴 스트라우스는 정신없이 고개를 끄덕였다. 야구 천재들이 그렇듯 그는 투타에 모두 소질이 있었다. 하지만 자신보다 빠른 공을 던지는 투수에게 공을 맞는 것을 생각하자 심장이 벌렁거렸다.

삼열이 선수들이 플레이트에 붙는다고 모두 몸쪽으로 공을 던지는 것은 아니다.

메이저리그 주심들이 몸쪽 스트라이크를 잘 잡아주지 않으니 투수들은 바깥쪽 공을 선호하게 되고, 그런 공을 치기 위해서는 당연히 플레이트에 바짝 붙는 게 유리했다.

하지만 그것도 정도의 문제다. 악의적으로 이용하는 자들은 용서하지 않았다.

삼열이 몸쪽 공을 던질 때는 칼스버그 포수가 언제나 언질을 주곤 했다. 어차피 몸쪽 공은 버리는 공이었기 때문이다.

만약 삼열이 악동 이미지가 아니었다면 이렇게 할 때마다 싸움이 일어났을 것이다.

그러나 악동인 데다 포수의 경고 뒤에 들어오는 공은 아무리 무섭게 들어와도 할 말이 없다. 이미 경고까지 하고 던지는데 피하지 못한 놈이 바보다.

삼열은 시카고 지역보다 다른 지역의 선수들에게 더 악명이 높았다.

특히 워싱턴 포스트의 기자를 인터뷰 내내 욕하는 것을 보고는 어이가 없을 정도였다.

급이 달랐다. 대부분의 악동들이 자기의 성질을 이기지 못해 난동을 부린다면 삼열은 악질 그 자체였다. 적어도 사람들에게는 그렇게 보였다. 그런데도 이상하게 사람들은 그런 그를 좋아했다.

삼열은 공을 던졌고 마틴 스트라우스가 쳤다. 공이 외야 쪽으로 날아갔다. 빅토르 영가 뛰어가 가볍게 공을 잡았다.

확실히 마틴 스트라우스는 타격 감각이 좋긴 했다. 비록 잡히기는 했지만 깨끗한 타격 자세로 친 공이었다.

'자식, 타자해도 되겠네.'

삼열은 마운드에서 내려오며 미소를 지었다.

8번 타자 존 레이의 공격으로 3회 말이 시작되었다. 삼열은 보호 장비를 착용하고 배트를 휘둘러보았다. 몸이 가벼운 것이 뭔가 터질 것 같은 기분 좋은 느낌에 잠시 눈을 감고 호흡을 했다.

'자, 죽어봐라.'

삼열은 맥없이 파울플라이로 아웃당하는 존 레이를 보며 혀를 끌끌 찼다.

삼열은 타석에 서서 배트를 조금 아래로 내렸다. 짧게 잡은 배트가 마치 검객의 검처럼 날렵해 보였다.

마틴 스트라우스는 공을 던졌다. 삼열의 공을 의식해서 힘껏 던졌다.

펑.

"스트라이크."

삼열은 타석에서 꼼짝도 하지 않았다.

마틴 스트라우스는 신중하게 제2구를 던졌다.

공이 스트라이크 존에서 살짝 벗어났다. 삼열은 여전히 움직이지 않았다. 단지 짧게 잡은 배트만이 바람에 흔들리는 나무처럼 잠시 움직였을 뿐이다. 아니, 배트가 내려오다가 중간에서 멈춘 것이다.

굉장히 빠른 판단이었다.

"볼."

원 스트라이크 원 볼에 마틴 스트라우스는 다시 공을 던졌다. '꽝' 하는 소리가 날 정도로 힘껏 던졌다. 공은 정확히 스트라이크 존을 통과하는 듯 보였고 삼열이 배트를 빠르게 휘둘렀다.

딱.

타구는 1루 쪽 관중석으로 날아갔다. 한동안 1루 쪽이 떠들썩하더니 전광판에 공을 잡고 즐거워하는 어린 소년의 모습이 보였다.

삼열은 희미하게 웃었다. 야구공 하나 해봐야 얼마 하지도 않지만 공을 잡거나 주운 사람들은 무척 좋아했다. 삼열이 타격 자세를 취하자 다시 공이 날아들었다. 삼열이 배트를 가볍게 휘둘렀다.

딱.

이번에는 3루 쪽으로 날아가는 파울 볼이었다. 삼열은 배트를 아래로 내리고 손목의 힘으로 타격을 하고 있었다.

'이거, 그냥 타격해도 안타를 칠 수 있겠는데.'

삼열은 스토브리그 내내 투구 연습을 하면서 타격 훈련도 같이했다. 오늘은 왠지 치면 넘어갈 것 같은 생각이 들 정도로 컨디션이 좋았다.

'지금은 안타보다 공을 많이 던지게 하는 것이 중요해.'

삼열은 온몸에 피가 들끓는 것 같이 힘이 넘쳤지만 처음 목표대로 마틴 스트라우스가 던지는 공을 커트하기 시작했다.

마틴 스트라우스는 공이 열 개가 넘어가자 화가 나기 시작했다.

뭐 저런 놈이 있나 싶을 정도로 얄미웠다. 차라리 거르고 싶었지만 발이 빨라서 안 되고 또 선두 타자와 연결된다는 점도 껄끄러웠다.

'젠장.'

그는 공을 던졌다.

여전히 삼열은 힘들이지 않고 공을 툭툭 끊어서 쳤다. 그러면서도 볼은 건드리지를 않으니 엄청나게 얄미웠다.

투구 수가 열 개를 넘어가자 내셔널스의 수비들도 슬슬 짜증이 났는지 인상을 쓰면서 수비를 느슨하게 보기 시작했다.

그라운드에 오래 있게 되면 아무래도 집중력이 떨어지게 마련이다.

'이 정도면 되겠지?'

삼열은 열네 개째 파울 볼을 만들고는 배트를 단단히 부여잡았다.

몸이 불끈불끈하는 것이, 도저히 주체 못 할 힘이 꿈틀거렸기 때문이다. 인간의 수준을 뛰어넘은 동체 시력과 신체 반응 속도는 그가 생각보다 더 쉽게 공을 커트하게 했다. 그리고 이 정도면 굳이 커트하지 않아도 홈런을 칠 수 있을 것 같았다.

경기를 시작할 때 불었던 바람도 잔잔해져서 내셔널스의 수비수들은 그라운드에 서 있는 것이 지루했다.

제이비 워드와 데이몬이 졸린지 고개를 숙이며 작게 하품을 했다.

삼열은 타석에서 벗어나 배트를 새로 잡았다. 그가 타석에 들어섰을 때는 이전과 다른 정상적인 타격 자세였다.

마틴 스트라우스는 삼열의 타격 자세에서 뭔가 이상함을 느꼈지만 무시하고 공을 던졌다. 삼열에게 지치고 짜증이 났기 때문에 어떻게 하든지 빨리 승부가 났으면 했다.

조금 낮았지만 가운데로 몰리는 패스트볼이었다. 마틴 스트라우스가 공을 던지고 나서야 뭔가 잘못되었다는 것을 느꼈을 때 삼열이 배트를 힘차게 휘둘렀다.

딱.

이전에 맞았던 파울 볼과는 다른 소리에 마틴 스트라우스는 놀라 뒤를 돌아보았다.

타구는 중견수의 키를 넘어 담쟁이넝쿨 위의 철조망을 때렸다. 제이비 워드가 허겁지겁 뒤따라갔지만 공은 철조망이 쳐진 곳 최상단의 쇠로 된 둥근 부분에 맞고 튕겨 나왔다.

공은 제이비 워드의 뒤로 떨어진 후에 다시 튕겨 나갔다.

워드가 허겁지겁 공을 찾았으나 쉽게 발견하지 못했다.

삼열은 바람같이 달렸다. 허벅지에 공을 맞은 것이 맞나 싶을 정도로 빠르게 달렸다.

속으로 홈런이길 바랐지만 관중들의 반응을 들으며 아니라는 것을 알았다. 홈런이라는 소리도 없었고 환호성도 작았던 것이다.

흘깃 보니 수비가 공을 놓쳤다. 2루를 돌고 3루로 뛰는데 주루 코치가 손을 풍차 돌리듯 흔들었다. 삼열은 재빨리 3루 베이스를 밟고 홈으로 뛰어들었다.

삼열이 홈으로 파고든 다음에야 포수에게 공이 날아왔다. 윌리 라모스는 날아온 공을 잡지 않고 그대로 두었다.

공이 바닥에 퉁겨진 후 굴러가자 볼보이가 잽싸게 낚아챘다.

인사이드 더 파크 홈런이었다. 중견수의 실책으로 볼 수가 없기에 명백한 그라운드 홈런이 인정된 것이다.

"와아!"

"삼열 강, 굿 맨!"

모두가 홈으로 들어온 다음에도 좋아서 팔짝팔짝 뛰는 삼열을 축하했다.

마틴 스트라우스와 로널드가 허탈한 듯 삼열을 바라보고 있었다. 로널드는 고개를 흔들고는 천천히 포수 마스크를 착용했다.

워싱턴 내셔널스의 선수들은 불안한 전조가 다가오는 느낌을 받았다.

공이 차라리 담쟁이넝쿨 속으로라도 들어갔으면 했다. 그렇다면 2루타밖에 인정 안 되었을 것이다. 그런데 하필이면 펜스의 상단을 맞고 그라운드로 떨어진 것을 수비수가 빨리 알아차리지 못해서 그라운드 홈런이 되었다.

여기에 육상 선수를 연상시킬 정도로 빠른 삼열의 발도 문제였다.

'젠장.'

마틴 스트라우스는 마운드에서 한숨을 내쉬었다. 그는 삼열에게 그라운드 홈런을 맞고 흔들리기 시작했다. 투수들은 같은 투수에게 안타를 맞으면 굉장히 기분이 나빠진다.

두 사람은 이기고 져야 하는 관계이므로 그런 감정은 어쩌면 필연적일 수도 있었다.

15구 끝에 맞은 안타가 하필이면 가장 기분이 나쁜 인사이드 더 파크 홈런이었다. 이런 기분 나쁜 그라운드 홈런보다는 차라리 담장을 넘기는 깨끗한 홈런을 맞는 것이 오히려 기분이 나을 것이다.

투수에게 가장 중요한 것은 정신적인 안정이다. 야구가 투수 놀음이라는 말이 있듯이 야구에서 가장 중요한 것은 투수의 경기력에 영향을 미치는 정신력, 즉 멘탈이다.

한 번 흔들린 마틴 스트라우스를 상대로 컵스의 타자들이 안타를 치기 시작했다. 여전히 마틴 스트라우스는 위력적인 공을 던졌지만 제구가 제대로 되지 않았던 것이다.

대체로 정상급 투수들은 쉽게 점수를 주지 않는다. 하지만 멘탈에 이상이 생기면 쉽게 무너지게 된다.

작년에도 마틴 스트라우스는 필라델피아 필리스전에서 4이닝을 던지고 6실점을 하였다. 삼열 역시 한 경기에서 3실점을 하기도 했다. 잘 던졌는데 빗맞은 공이 안타가 되고, 작은 실투가 홈런으로 연결되면 어쩔 수가 없는 법이다.

—자니 메카인 씨, 굉장하군요.

원더풀 스카이의 에드워드 찰리신이 삼열이 그라운드 홈런을 만들고 나서 동료들의 환호를 받는 모습을 바라보며 말했다.

—한마디로 말해서 천재라는 말 외에는 설명이 안 되는 선수이기에 팬들이 좋아하는 것이겠지요. 도저히 예측이 안 되는 선수입니다, 하하하.

자니 메카인이 웃었다. 그가 웃자 그의 멋진 수염도 그의 입 모양을 따라 꿈틀거렸다.

—어떻게 타자도 아닌 투수가 저렇게 하는지 이해가 되지

않을 정도네요. 완전히 괴물 그 자체입니다. 마치 루크 애플링의 투구 수 테러가 연상되네요. 만약 삼열 강 선수가 타자가 된다면 1번 타자나 3번 타자도 괜찮겠는데요. 장타력이 굉장히 좋고요. 작년에만 홈런을 세 개나 치지 않았습니까?

─그렇습니다. 한국의 첫 메이저리거인 찬호 박이 15년 동안에 때린 홈런이 세 개였죠. 그런데 그것을 삼열 강 선수가 작년 한 해에 달성했습니다. 그리고 오늘 또 그라운드 홈런을 날렸군요. 하하, 이거 타자로 나서야 하는 것이 아닌지 모르겠습니다.

─자니 메카인 씨, 그리고 보니 베이브 루스도 원래는 투수였지 않습니까?

─네, 굉장한 투수였죠. 그는 투수로서 94승 46패를 했죠. 혹시 베이브 루스의 평균 자책점이 얼마인지 아십니까?

─글쎄요. 그것까지는 모르겠군요.

─하하, 2.28입니다.

─굉장하군요.

─이와 반대로 마리아노 리베라는 유격수 출신이었죠. 그런데 찰리신 씨, 양키스가 리베라에게 준 계약금이 얼마인지 아십니까?

─글쎄요. 적어도 100만 달러는 되지 않았겠습니까?

─하하, 2천 달러였습니다.

―오 마이 갓. 2천 달러요? 어떻게 그럴 수 있죠?

―대부분 히스패닉계는 16세에 구단에 입단하는데 그는 20세의 늦은 나이였으니 제대로 대우를 받을 수 없었던 것이죠. 하지만 유격수에서 최고의 마무리 투수로 변신하게 될 줄 누가 알았겠습니까?

―그렇다면 삼열 강 선수가 타자로 전향해도 성공할 수 있다는 말씀이신가요?

―당연하죠. 어쩌면 타자로서 재능이 더 있는지도 모르는 일입니다. 본인이 투수를 더 원하느냐 타자를 더 원하느냐의 문제겠죠.

―하하, 현대 야구에서 그렇게 다재다능하기도 쉽지 않은데 말이죠. 물론 대학 야구에서야 투수와 타자를 같이 한다고 해도 어려울 것이 없지만요.

―아, 마틴 스트라우스 선수가 흔들리는군요. 슬라이더가 제구가 안 되고 브레이킹 볼이 흔들리니 난타를 당하고 마는군요.

자니 메카인의 말대로 마틴 스트라우스는 3회에만 3실점을 하고 이닝을 마쳤다.

마틴 스트라우스는 마치 꿈을 꾸는 것 같았다. 더그아웃에 들어왔지만 제정신이 아니었다. 머리가 멍했다.

"괜찮아?"

요한 짐머덕이 걱정스러운지 그에게 물었다.

"괜찮아. 하~ 하지만 정말 어이가 없군요."

요한 짐머덕도 마틴 스트라우스의 말에 고개를 끄덕였다.

마틴 스트라우스는 쉽게 점수를 내주는 타입의 투수가 아님에도 불구하고 순식간에 3점을 실점하고 말았다.

마틴 스트라우스가 멍한 표정으로 마운드에서 공을 던지는 삼열을 바라보았다. 그러고는 요한 짐머덕에게 한마디 했다.

"저 녀석에게 히트 바이 어 피치드 볼을 던지고 싶었어요. 그것을 억누르느라 제구가 흔들렸고 그라운드 홈런을 맞았죠."

"휴~ 네 마음 이해한다. 안 한 것은 정말 다행이야. 저 녀석은 공에 맞을까 봐 온몸에 덕지덕지 걸치고 타석으로 나오잖아. 맞으면 물론 타격이야 받겠지. 하지만 의식을 잃지 않는 한 마운드에 나와 기어코 우리 팀의 선수 하나를 병신 만들고 내려갈 놈이야."

"그, 그렇겠죠?"

마틴 스트라우스는 마운드에 서서 거만한 표정으로 강속구를 뿌리는 삼열을 바라보며 자조 섞인 미소를 지었다. 경기에 마음을 비우자 비로소 마음이 안정되었다.

삼열은 3번 타자 테오 월벡에게 안타를 맞았다. 하지만 삼열은 흘깃 1루를 보고는 세트 포지션으로 공을 던졌다. 그러자 요한 짐머딕은 1루에서 움직이지를 못했다. 삼열이 직구만 던졌기 때문에 2루로 뛸 시간이 없었던 것이다.

딱.

공이 1루 쪽 관중석으로 날아갔다. 파울 볼이었다. 갑자기 1루 쪽에서 박수 소리가 터져 나왔다.

삼열은 뭐지, 하는 생각으로 1루를 바라보다가 다시 전광판을 보았다. 30대 중반으로 보이는 남자가 한 손에 어린 딸을 안고 있다가 자신에게 파울 볼이 날아오자 다른 손으로 공을 잡은 것이다.

그가 즐겁게 웃자 옆에 있던 그의 부인이 그에게서 아기를 받아 품에 안았다. 남자가 크게 웃었다. 그런데 그의 부인은 그보다 더 즐거워하는 것이었다. 딸에게 뭐라고 하면서 계속 환하게 웃었다. 삼열은 화면을 보며 그 부부에게 박수를 보냈다.

관중들도 삼열이 경기를 진행하지 않고 전광판을 바라보자 모두 전광판을 보았다. 관중들도 전광판에 비친 장면을 보고 즐거워하였다. 하지만 삼열은 주심에게 주의를 받아야 했다. 이기고 있는 상태에서 경기를 지연시켰기 때문이다.

삼열은 주의를 받고도 웃었다. 어차피 주의든 경고든 그 따위는 신경도 쓰지 않는다.

그런 것은 재미가 있으면 충분히 감내할 의사가 얼마든지 있었다.

삼열은 다시 공을 던졌다. 공이 휘어져 들어갔다.

퍼엉.

"스트라이크."

"와아!"

"역시 삼열 강이야."

삼열은 마운드를 내려오며 파워 업 포즈를 취했다. 그러자 리글리 필드에 파워 업이 다시 메아리쳤다. 그리고 그 엉터리 응원가가 터져 나왔다.

"우리는 파워~ 업. 파워~ 업. 나나나나 파워~ 업, 우리는 파워~ 업. 나나나나 무적의 파워~ 업 맨."

삼열은 응원가를 들으며 빨리 파란오렌지가 응원가를 만들어 주기를 바랐다. 지금의 노래는 신나긴 했지만 가사가 너무 유치했다.

뭘 바라겠는가. 만화 주제가를 개사해서 만든 노래인데.

처음에야 이런 응원가라도 감지덕지했는데 1년 사이에 컵스에서의 위상이 변하자 이제는 그럴듯한 응원가였으면 어떨까 하는 마음이 들었다.

물론 스스로 그것을 만들거나 고칠 생각은 없었다. 이런 유치함 때문에 인기가 유지되고 있는 것을 알고 있으니 말이다.

베일 카르도 감독은 삼열을 바라보았다.

허벅지에 강습 타구를 맞아 걱정했는데 생각보다 괜찮아 보였다. 그는 가슴을 쓸어내렸다.

작년에 라이언 호크를 트레이드할 수 있었던 것은 삼열이 있기에 가능한 결정이었다. 물론 라이언 호크가 FA가 되는 해가 다가오기에 그 이전에 처리한 것이기도 했다.

컵스는 35세의 그에게 거액을 투자할 여력이 없었다. 그래서 가을 시리즈에 올라갈 수 없게 된 것을 알자마자 라이언 호크를 판 것이다. 컵스는 그를 넘기고 두 명의 유망주를 받았다.

라이언 호크를 위해서도 이것이 최선이었다. 그를 붙들 수 있는 돈이 있다면 몰라도. 아니, 그의 나이가 서른만 되었어도 무리를 해서라도 구단에 거액의 베팅을 건의했을 것이다.

그러나 35세의 그를 붙들기에는 컵스가 감당해야 할 리스크가 너무 컸다. 그래서 존스타인 사장이 그를 트레이드할 때 묵묵히 동의한 것이다.

베일 카르도 감독은 더그아웃에서 떠드는 삼열을 보며 희미한 미소를 지었다.

남들은 악동이라 꺼리기도 하지만 자신에게는 보물이었다.

그는 생각 외로 자신이 시키는 대로 삼열이 잘 따라와 주고 있는 것에 은근히 놀라고 있었다.

물론 그가 악동이기에 구단에서도 항상 주의를 기울여 살펴보고 있지만, 정보에 의하면 아내인 마리아 멜로라인의 말을 잘 듣는다고 하니 통제가 안 될 것 같지는 않았다. 다행히도 마리아는 구단 사무실에서 일하고 있으니까.

'저놈은 외계인이야. 페드로 마르티네스보다 더 대단한 놈!'

지금 당장 페드로 마르티네스와 비교해도 삼열이 훨씬 나았다.

지금까지 데뷔 첫해에 풀타임을 뛰면서 평균 자책점을 0.98로 끝낸 선수는 100년의 메이저리그 역사에서 단 한 명도 없었다.

베일 카르도 감독이 보아도 삼열에게는 다른 선수가 가지지 못한 무엇인가가 있었다.

메이저리그의 전설적인 선수들이 가지는 카리스마가 몸에 넘쳐흘렀다. 게다가 하는 짓은 악동인데 밉지가 않았다. 그래서 팬들이 그를 좋아하는지도 몰랐다.

4회 말에 마틴 스트라우스는 또 1점을 실점했다. 컵스의 공격력이 작년과 비교하면 아주 많이 강해졌다. 그 중심에는 헨리 아더스, 로버트 메트릭, 스트롱 케인이 있었고 레리 핀처조

차도 작년과 확실히 달라졌다.

레리 핀처가 컵스와 단기 계약을 한 것에 팬들은 매우 놀랐다.

그가 컵스가 제시한 2년 계약에 선뜻 동의한 것이다. 사실 이는 굉장한 것이었다. 올해는 연봉도 많지 않을 뿐만 아니라 다년 계약을 시도하지 않은 것 자체가 이례적인 일이었다.

삼열은 5회 초에 다시 마운드에 올랐다. 이제 점수 차가 4점 이나 나 욕심을 부리지 않고 맞혀 잡기 시작했다.

전설적인 좌완투수 워렌 스판은 '야구는 타이밍이다. 피칭은 그 타이밍을 빼앗는 것이다'라고 말했다. 워렌 스판은 그렉 매덕스와 비슷한 타입의 선수였다.

그는 초기에 패스트볼과 커브를 던지는 파이어볼러였다가 후에 스크루볼, 싱커, 슬라이더를 장착했다.

1루수 출신의 그는 35개의 홈런을 기록하고 있어 삼열과 가장 비슷한 유형의 투수다. 그리고 메이저리그에서 363승을 거둔 좌완 최다승 선수이기도 했다.

J.하퍼를 삼진으로, 제이비 워드를 3루 땅볼로, 마지막으로 애덤 던를 2루 직선타로 잡았다.

삼열이 5회 초에 던진 공은 6개로 가장 적게 공을 던진 이닝이었다.

'역시 맞혀 잡는 것이 장땡이지.'

삼열은 마운드를 내려오다 1루 쪽에서 마리아를 보고는 깜짝 놀랐다. 그녀가 온다는 말을 듣지 못했던 것이다.

'웬일이지?'

아내가 남편이 하는 경기를 보러 오는 것이야 새삼스러울 것이 없었지만 아무 말을 하지 않고 온 것이 좀 이상했다.

삼열이 바라보자 마리아가 손을 흔들었다.

"무슨 일이에요?"

삼열이 소리쳤지만 사람들의 함성에 묻혀 버렸다. 삼열은 그저 웃고 있는 마리아를 보며 더그아웃으로 들어가야 했다.

삼열은 다시 세 번째로 타석에 들어섰다. 마틴 스트라우스가 노려보고 힘껏 공을 던졌다.

삼열은 몸쪽으로 바짝 붙어서 오는 공을 보며 슬쩍 뒤로 몸을 뺐다.

펑.

"스트라이크."

타석 앞에서 공이 변하는 것을 보았지만 몸이 반응할 수 없었다. 이번에는 커트할 생각이 아니었기에 뒤로 몸을 빼면서 배트를 휘두를 수가 없었던 것이다.

아주 작은 차이였지만 몸이 대처할 수 있는 영역이 너무나 달랐다.

'제법인데.'

삼열은 8번 타자 존 레이를 삼진으로 잡고 자신을 상대로 초구에 스트라이크를 던지는 그를 바라보았다. 그에게 바로 이전 타석에서 3구 삼진을 당했었다.

'잘 던지기는 하네.'

삼열은 커트해서 상대 투수의 힘을 빼놓지 않으면 안타를 치기가 힘든 것을 보며 자신이 아직은 타격 훈련을 더 해야 한다고 생각했다.

'뭐, 어차피 길게 끌어도 소용이 없지. 이번 이닝이 끝나면 강판당하고 말 테니까.'

마틴 스트라우스의 투구 수는 이제 거의 100개에 가까워지고 있었다.

삼열은 마틴 스트라우스가 던지는 공을 노려보았다. 확실히 잘 보이기는 잘 보였다. 육체가 진화를 이루어서인지 96마일로 날아오는 공의 붉은 실밥까지도 어떨 때는 선명하게 보일 정도였다.

삼열은 공이 날아오는 것을 노려보았다.

펑.

"볼."

바깥쪽으로 공 한 개 정도 빠지는 슬라이더였다. 성급한 타자라면 배트가 따라 나갔을 그런 공이었다. 그러나 삼열은 애초에 투 스트라이크 이전에는 타격을 잘 하지 않는다.

안타를 꼭 만들어내야 하는 타자가 아니기에 가질 수 있는 여유였다.

삼열은 타석에서 물러나 흘깃 1루 쪽을 바라보았다. 그러자 마리아가 환하게 웃으며 손을 흔들었다. 그런 마리아를 보며 왠지 마음이 따뜻해졌다.

적어도 세상에 자신을 응원해 주는 한 사람이 있다는 뿌듯함이 어깨에 절로 힘이 들어가게 했다.

'가자, 파워 업!'

삼열은 속으로 중얼거리며 다시 타석에 들어섰다. 공이 날카롭게 제구되어 바깥쪽으로 낮게 들어왔다.

펑.

"스트라이크."

삼열은 이제부터 스트라이크 비슷한 것은 쳐야 했다. 다시 살아나고 있는 투수의 공을 보며 그래 봐야 이번 이닝까지라고 생각은 했지만 힘을 조금 더 빼놓을 필요가 있었다.

삼열은 배트를 조금 짧게 잡고 단타라도 하나 칠 생각이었다.

공이 미끄러지듯 휘어져 들어왔다. 삼열은 그대로 힘껏 받아쳤다.

딱.

공이 1루 라인을 따라 그대로 날아갔다. 우익수가 뛰었지만 공을 잡을 수 없을 것 같아 보였다.

삼열은 뛰고 또 뛰었다. 2루를 돌아 3루로 가려는데 주루 코치가 막아서는 것이 보여 재빨리 귀루하였다. 2루에 안착하고 나니 3루로 공이 송구되었다. 그대로 뛰었으면 간발의 차이로 아웃되었을 타이밍이었다.

2루에서 보호구를 벗어 1루 코치에게 주고 마운드를 바라보았다.

마틴 스트라우스는 삼열이 다시 누상에 나간 것에 화가 났는지 빅토르 영가 타석에 들어서자 초구에 폭투하고 말았다.

순식간에 3루로 뛴 삼열이 홈을 보니 포수가 아직 공을 집지 못하고 있었다.

'인생 뭐 있어?'

삼열은 그대로 홈으로 파고들었다.

로널드는 공을 잡아 급히 홈 베이스로 돌아오려 했지만 투수가 백업하지 않았기에 어쩔 도리가 없었다. 설마 2루에 있던 삼열이 홈 스틸을 시도할 줄은 몰랐다.

"젠장."

모스는 욕설을 내뱉으며 삼열이 더그아웃으로 들어가 환영을 받는 모습을 지켜봐야 했다.

'저 녀석, 오늘 완전히 당하는군.'

모스는 마운드에서 허탈한 표정으로 서 있는 마틴 스트라우스를 바라보았다. 그는 사실 마틴 스트라우스가 마이너리그에서 좀 더 고생을 해보고 올라왔어야 한다고 생각했다.

고교 야구와 대학 야구에서 이미 정점에 섰기에 그의 자존심은 하늘 높은 줄 몰랐다. 버릇이 없거나 한 것은 아니었지만 지나치게 자존심이 강했다.

재작년에 토미존 수술을 받고 많이 성숙해지기는 했지만 그 성질이 어디 가겠는가.

마이너리그에서 단지 17경기에 출전하여 8승 3패 평균 자책점 1.90의 성적을 얻었다. 메이저리그 승격이 빨랐고, 그래서 그는 고생을 별로 하지 않았다.

마이너리그를 짧게 거친 이들의 단점은 자존심이 강해 자신의 힘으로 어쩔 수 없는 상황이 오면 분노를 억제하지 못한다는 점이다.

눈물 젖은 빵을 먹어보지 않은 마틴 스트라우스는 메이저리그에 진출하는 것이 얼마나 대단한 것인지 잘 모를 때가 있었다.

그나마 메이저리그에 올라오자마자 부상당해 팔꿈치 인대 접합 수술을 받아 몸을 사릴 줄 알게 된 것은 그나마 다행이었다.

그렇지 않았다면 그도 마크 프라이어처럼—마크 프라이어 역시 마이너리그에서 9경기 만에 메이저리그로 올라왔다—될 확률이 높았다.

로널드는 호흡을 가다듬으며 마음을 다스리는 마틴 스트라우스를 위해 조금 시간을 끌었다. 괜히 공을 3루로 던졌고 3루수가 2루에, 그리고 다시 1루수에게 공을 던지고 난 후 투수에게로 공이 갔다.

마틴 스트라우스는 빅토르 영를 삼진으로 처리하고 마운드에서 물러났다.

4와 2/3이닝 동안 5실점을 하고 물러난 그는 수건으로 얼굴을 가리고 더그아웃 벤치에 앉아 땅만 바라보고 있었다.

그의 깊은 한숨이 수건을 들썩이게 하였다.

삼열은 의자에 앉아 벽에 기대어 눈을 감았다. 그러자 세상이 내뿜는 시끄러운 소리와 그라운드를 가득 채운 거친 호흡 소리가 점점 옅어지기 시작했다. 그리고 긴장되었던 근육들이 급속도로 이완되었다.

"쟤 또 자냐?"

"놔두세요. 하루 이틀도 아니고."

"그래야지. 괜히 자는 거 깨워서 행패를 부리는 것보다 저 녀석은 그냥 자는 것이 제일 나아."

매튜 뉴먼와 랜디 팍스가 옆에서 이야기를 나누는 동안에도 삼열은 꼼짝하지 않고 졸았다.

새로 나온 투수는 브레드 리드였다. 톰 존슨 감독은 패전 경기에 주로 뛰는 투수를 내세웠다.

그는 작년 14경기에 나와 1패만 기록이 있는데 평균 자책점이 무려 9.23이나 되었다.

평균 자책점이 높은 이유는 중간 계투로 나오는 투수는 한두 경기만 난타를 당해도 자책점이 급격히 올라가기 때문이다.

날카로운 슬라이더를 가진 선수이지만 결정적일 때 불을 지르는 메이저리그의 대표적인 방화범이었다. 그는 1998년 휴스턴 애스트로스의 지명을 받아 메이저리그에 데뷔한 이후 중간 계투와 마무리에서 인상적인 피칭을 하기도 했다.

2005년 그는 월드 시리즈 2차전과 5차전에서 3점 홈런과 끝내기 홈런을 맞으면서 실력에 의심을 받기 시작했다. 그 이전까지는 의심의 여지가 없는 마무리 투수였다.

컵스의 선수들은 브레드 리드가 나오자 환호했다.

워싱턴 내셔널스가 시합을 포기한 듯한 모습을 보였기 때문이다.

역시나 새로 바뀐 투수를 상대로 스트롱 케인이 안타를 뽑아냈다. 그리고 3번 타자 이안 스튜어트가 적시타를, 레리 핀처가 3점 홈런을 날렸다.

톰 존슨 감독은 손으로 머리를 짚었다.

시합을 거의 포기하기는 했지만, 그래도 약간의 기대를 하고는 있었다.

야구라는 것이 어떻게 될지 모르는 것이니 상대 투수가 기가 막히게 잘 던지고 있어도 혹시나 하고 기대를 가졌는데 그런 기대가 한순간에 와르르 무너졌다.

5번 타자 헨리 아더스가 안타성 타구를 때렸지만 상대 외야수의 뛰어난 수비에 막혀 아웃되고 말았다.

"어이, 삼열. 일어나."

매튜 뉴먼이 삼열의 어깨를 잡고 흔들었다.

"어~ 어, 끝났어?"

삼열이 하품하며 일어났다.

"하아, 너도 참. 그 짧은 시간 동안 잠들었던 거야?"

"그러네."

매튜 뉴먼는 머리를 긁으며 일어나는 그를 보며 어이없다는 표정을 지었다.

"그리고 참, 나 5회까지만 던지는 거 아니었나?"

"감독이 계속 던지래."

"그래……?"

삼열은 하품하며 마운드로 천천히 걸어 나갔다. 그리고 전광판을 보자 팀이 8 : 0으로 이기고 있었다.

'어, 언제 점수를 또 얻은 거야?'

5 : 0도 엄청 큰 점수였는데 거기에 3점을 더 얻자 삼열은 또 도전 정신에 불타올라 스크루볼을 던질 생각을 했다.

8점 차이니 스크루볼을 던져보는 것은 해볼 만한 일이었다.

삼열은 마운드에 서서 애덤 던에게 투 스트라이크를 잡고 스크루볼을 던졌다. 아직 손에 익지 않은 공이 손을 떠난 순간 타자가 배트를 휘둘렀다.

딱.

공이 중견수를 넘어 떨어졌다. 레리 핀처가 달려가 공을 집어 던졌으나 애덤 던은 2루까지 갔다.

"아, 왜 이렇게 안 되지?"

삼열은 밋밋하게 들어간 스크루볼 때문에 이맛살을 찌푸렸다. 역시나 마구를 한 해 만에 배운다는 것 자체가 무리가 있는 일임을 인정해야 했다.

어떠한 공이라도 위력적인 구질이 되기 위해서는 엄청난 시간과 노력이 필요하다. 특히나 스크루볼은 이전까지의 방법과는 다르게 던지는 공이다. 직구의 투구폼으로 던지는 것까지는 맞지만 바깥쪽으로 손목을 비틀어서 던져야 했다.

즉, 손바닥을 바깥쪽으로 보이게 던지는 이러한 투구법은 기존의 방향과 반대로 팔을 비트는 것이라 어지간하게 연습을 해도 도무지 적응이 안 되었다. 지금까지의 투구 습관과는 완전히 반대로 던지는 것이기 때문이었다.

'젠장, 좀처럼 나아지지를 않네.'

삼열은 한숨을 내쉬며 다시 공을 던졌다. 공이 폭발적인 힘을 내며 날아갔다.

펑.

"스트라이크."

윌리 라모스가 타석에서 배트를 휘둘렀지만 이미 공이 지나간 다음이었다.

"와아! 엄청나."

"완벽한 공이군."

관중들은 저마다 한마디씩 했다.

개막전이라 표가 일찍 매진된 것도 있었지만 메이저리그의 대표적인 파이어볼러끼리의 맞대결이라 기대를 하고 왔는데, 예상외로 대결은 너무나 쉽게 끝이 나고 말았다.

삼열은 주자가 나가면 강속구와 체인지업, 그리고 투심 패스트볼, 커터 등을 섞어서 던졌다.

현란한 공들이 날아들 때마다 내셔널스의 타자들은 꼼짝을 못했다.

베일 카르도 감독은 삼열이 공을 던지는 모습을 보며 감탄을 거듭했다.

　　5이닝까지만 던지게 하려고 했는데 5회 초까지 44개의 공밖에 던지지 않아 계속 마운드에 서게 했더니 8회까지 1실점으로 막아냈다.

　　"하아, 우리 팀 투수지만 정말 굉장하군."

　　베일 카르도 감독은 9회가 되자 삼열을 강판시켰고 제임스 러셀이 나와 1이닝을 마무리 지었다.

　　　　　*　　　　　*　　　　　*

　　삼열은 경기가 끝나자 1루 쪽으로 달려가 마리아를 만났다.

　　"여보, 어쩐 일이야?"

　　"뭐가요?"

　　"아니, 아무 말도 안 하고 경기를 보러 와서 하는 말이지."

　　"아아, 별일 아니에요. 어제 구단에 말해서 당일 판매되는 티켓에서 한 개를 뺀 것뿐이에요."

　　"그게 돼?"

　　"어머, 나 그래도 그 정도는 돼요."

　　"아니, 내게 말했으면 내가 티켓을 구할 수 있을 것 같아서 그랬지."

"호호."

오늘따라 마리아의 기분이 좋은 것 같아 삼열도 즐거웠다. 개막전에서 승리를 거두었으니 더 기분이 좋았다.

"여보, 더그아웃으로 다시 가봐야 하지 않아요?"

"뭐, 알아서 하겠지. 비싼 물건도 없는데."

삼열은 마리아를 껴안고 웃었다. 둘이 다정하게 말하는 사이에 주위로 아이들이 모여들었다.

"파워 업 맨."

어린아이가 삼열의 별명을 부르자 삼열이 그 아이를 바라보았다.

"응? 왜 그러니?"

"두 사람 결혼했죠?"

"그런데?"

"아기는 언제 나와요?"

"아하, 그건 프라이버시에 관계된 이야기구나. 누구나 사생활은 보호를 받아야 해. 나뿐만 아니라 너도 마찬가지란다."

삼열은 개구쟁이처럼 보이는 작은 남자아이를 바라보았다. 아이의 말대로 아기를 빨리 가졌으면 좋겠다는 생각이 들었다.

비밀 결혼도 이미 모든 사람에게 알려졌고, 처가에서 아직 사위로 인정받은 것은 아니어도 그 정도면 예상한 것보다는 훨씬 환대받은 편이었다.

특히나 장모님이 사위로 인정을 해주셨고 장인도 자신의 존재에 대해서는 마지못해 눈을 감아주었다. 맛있는 요리도 많이 대접받았고 나름 배려받았다는 느낌이 드는 순간도 많았다.

삼열이 마리아와 함께 구장을 벗어나려고 하자 로버트가 아니꼬운 듯 말했다.

"저 자식, 아예 맛이 갔군. 더그아웃으로 돌아오지도 않다니. 나쁜 새끼."

"하하, 나 같아도 부인이 저렇게 예쁘면 저렇게 하겠다."

불평하던 로버트에게 스티브 칼스버그가 말했다. 로버트는 그의 말에 입을 다물었다.

자신이라고 별반 다르지 않을 것 같기는 했다. 그는 삼열을 욕하면서도 그의 물건을 챙겼다. 홈경기라서 짐을 챙겨 삼열의 라커에 넣어두기만 하면 되었다.

"부러운 새끼!"

로버트는 두 주먹을 불끈 쥐며 말했다. 그리고 자신도 꼭 예쁜 여자와 결혼할 것을 결심했다.

삼열은 집으로 오는 내내 마리아의 다정한 말과 상냥한 말투, 그리고 환한 웃음으로 인해 기분이 마냥 좋았다.

마리아에게 뭔가 좋은 일이 일어난 것 같은데 도대체 말을 안 해주었다.

'뭐가 있는데.'

삼열은 직접 물어보지 못하고 머릿속으로만 오늘 마리아에게 무슨 일이 일어났을까 궁금해했다.

집에 돌아오자마자 마리아가 삼열의 품에 안겨 키스를 해왔다.

달콤한 키스와 가벼운 스킨십 후 삼열은 샤워했다. 차가운 물이 몸을 때리자 삼열은 시원함을 느꼈다. 차가운 물에 샤워하고 나면 온몸이 상쾌해졌다.

7. 마리아의 임신

   삼열이 샤워하고 나오니 이미 식탁에는 저녁이 차려져 있었
다.

   대체로 운동선수들은 식사 시간이 불규칙한 편이다. 특히
나 야간 경기가 많은 메이저리그는 더욱 그랬다.

   시원한 새우 매운탕에 연어 스테이크와 전복구이가 일품
이다. 배가 어느 정도 부르자 삼열은 마리아를 바라보았다.
뭔가 변한 것 같은데 그것이 무엇인지 도무지 알 수가 없었
다.

   '뭐지?'

삼열은 연신 웃는 마리아의 얼굴만 바라보았다.

"여보, 무슨 좋은 일 있어?"

삼열은 참지 못하고 마리아의 눈치를 살피며 물어보았다.

"네."

"그게 뭔데?"

"당신이 내 남편이라는 생각이 오늘 문득 들었어요. 이렇게 좋은 남편을 둔 나는 정말 행운아구나, 하는 생각이요."

"그런 말은 내게 해당되는 말이지."

"호호, 맞아요. 그러니 자기, 우리가 행복하면 할수록 그렇지 못한 사람들을 돌아보아야 해요."

"아, 알았어."

삼열은 혼자 잘 먹고 잘사는 것에만 관심이 있는데 마리아가 계속 노블레스 오블리주를 주입하자 난감했다. 아무리 마리아가 그런 주장을 강하게 해도 아픈 사람들을 돕는 것 외에는 별로 남을 도와주고 싶은 마음은 없다.

자신이 불행할 때 아무도 도와준 사람이 없었다. 그런데 조금 잘산다고 이런저런 의무가 덕지덕지 붙는 것이 이해가 되지 않았지만, 그렇다고 마리아의 의견을 무시할 수는 없다.

돈보다는 아내가 더 소중했기 때문이다. 돈이야 있어도 그만 없어도 그만이지만 아내는 아니었다. 그에게 있는 유일한 가족이 바로 아내기 때문이다.

삼열은 마리아와 함께 정원으로 나와 걸었다. 하지만 아직은 차가운 바람이 불어오는 초봄이라 마리아가 춥다고 말해 금방 집 안으로 들어오고 말았다.

'이상한데. 감기 기운이라도 있는 것 아닐까?'

삼열은 겨울도 아닌데 너무 추워하는 마리아가 이상했다.

은근히 걱정되기도 했다. 그러고 보니 요즘 들어 마리아가 잠이 많아진 것 같기도 하고 유난히 피곤을 잘 느끼는 것 같기도 했다.

'내일 같이 병원을 가봐야겠군.'

삼열은 커피를 마시며 마리아에게 조심스럽게 말했다.

"마리아, 우리 내일 같이 병원 가자."

"응, 좋아요."

삼열은 너무 쉽게 대답을 해주는 마리아가 이상했지만, 그렇다고 더 자세하게 묻기도 힘들었다.

"여보, 나 피곤해요. 먼저 잘게요."

"어, 그래."

삼열은 은근히 마리아와의 한판이 생각났지만 유난히 피곤해하는 마리아를 보며 차마 그 말을 할 수 없었다.

'끙, 정 아쉬우면 오공이의 도움을 받아야겠네.'

삼열은 러닝머신 위에 올라 천천히 뛰었다. 그러면서 혹사

당한 근육들이 회복되기를 기다렸다.

이렇게 몸을 풀어주고 자는 것과 그렇지 않은 것은 다음 날에 천지 차이다. 신성력이 있을 때는 그냥 자도 모든 피로가 풀리고 최고의 컨디션이 되었지만 지금은 그렇지 못했다.

마리아는 방으로 들어와 잠옷으로 갈아입으며 수줍게 미소를 지었다. 그녀가 기분 좋을 때 짓는 미소였다.

침대에 누워 잠들려고 하는데 삼열이 운동을 끝내고 샤워를 하고는 침대로 들어왔다.

차가운 느낌과 비누 냄새가 남편의 몸에서 나 기분이 좋았다.

삼열이 팔베개를 해주자 마리아는 삼열의 가슴에 얼굴을 묻으며 미소를 지었다.

"자?"

"네."

"안 자네."

"자야 해요."

"그렇군."

삼열은 아내의 나른하고 졸린 음성을 듣고 오늘 밤에는 힘들다는 것을 느꼈다.

'뭐, 내일 아침에 하면 되지.'

삼열은 피식 웃으며 눈을 감았다. 그러자 잠이 소나기처럼 몰려왔다.

*　　　　*　　　　*

아침에 일어난 삼열은 아기처럼 새근거리며 자는 마리아를 보자 슬며시 미소가 나왔다. 그러고 보니 마리아는 자신을 위해 가족을 버릴 생각까지 했다. 삼열은 그것을 전혀 몰랐었다.

비밀 결혼이 심각해질 수 있는 상황에서 장모님이 막아주신 것이고 무엇보다 장인이 딸바보라 어쩔 수 없이 그냥 넘어간 것이다. 마리아의 자는 얼굴을 보니 삼열은 기분이 좋아졌다. 그는 거실로 나와 몸을 풀고 러닝을 시작했다.

신성석이 없어진 다음부터 무리는 하지 않지만 여전히 일반인들이 생각하기에는 터무니없는 운동량이었다. 무엇보다 러닝을 하는 스피드가 육상 선수들보다 빨랐다. 그럴 수밖에 없는 것이 그는 인간이되 인간보다 더 진보된 형태의 몸을 소유하고 있었기 때문이다.

그 모두가 죽음과 같은 고통 속에서 눈물로 일궈낸 승리였다. 우사인 볼트보다 빠르게 뛸 수 있지만 그것을 사람들에게 소문낼 수는 없었다.

인간의 한계를 넘은 것을 어떤 식으로 설명할 수 있단 말인가. 설명 불가였다.

삼열이 러닝을 마치고 잠시 쉬는데 마리아가 하품하며 나왔다.

"미안해요. 오늘은 늦었죠?"

"괜찮아. 몸은 어때?"

"괜찮아요."

마리아가 다시 하품하며 말했다. 삼열은 마리아의 이마에 키스하고 잠시 안았다.

"왜요?"

"그냥 당신이 좋아서."

"저도 좋아요, 여보."

둘은 잠시 껴안고 있었다. 서로의 숨소리를 들으며, 그리고 심장의 고동을 느끼며.

삼열은 생각했다. 어쩌면 이것은 신의 축복인지도 모른다고.

신혼이지만 자신의 결혼 생활이 남들과 다르다는 것은 진작 눈치채고 있었다.

자신의 아내는 세상의 그 어떤 여자와도 다르다는 것을 알아채는 것은 어렵지 않은 일이다.

아주 가끔 돌아가신 어머니와 아버지가 이렇게 좋은 아내를 보내주신 것은 아닐까 생각이 들 때도 있었다.

지금이야 메이저리그에서 제일 잘나가는 투수이지만 마리아를 처음 만났을 때는 가능성 높은 마이너리거에 지나지 않았는데 자신을 선택했다.

그것이 고마웠다. 그때는 몰랐지만 멜로라인 가문의 딸이 얼마나 대단한 위치인지 그 넓은 정원과 고풍스러운 저택만 보아도 알 수 있었다.

삼열이 키스하려고 하자 마리아가 피했다. 왜 그러냐는 표정을 짓자 마리아가 웃으며 말했다.

"안 씻었어요."

"그래도 난 괜찮아."

"우린 부부예요. 급하게 안 해도 되잖아요."

"그, 그렇지."

삼열은 마리아의 말에 뒤로 물러났다. 그와 함께 아침에 꼭 하고야 말리라는 어제저녁의 결심이 슬그머니 도망가고 있었다.

"여보, 오늘은 늦었으니 당신이 좀 도와줘요."

"응, 알았어."

삼열은 마리아를 따라 주방으로 가서 요리를 도왔다. 가끔 삼열도 했던 일이라 손발이 제법 잘 맞았다.

마리아가 모든 재료를 미리 준비를 해두어서 요리하는 데 시간이 많이 걸리지는 않았다. 그리고 평소 소스에 관심이 많았던 그녀는 결국 일급 호텔 주방장의 비전의 비법까지 터득하고야 말았다.

얼굴 예쁘고 상냥하고 요리까지 잘하니 삼열로서는 더 바랄 것이 없었다.

아침을 먹고 삼열과 마리아는 병원으로 가려고 준비를 했다. 그러다 삼열이 갑자기 생각이 났는지 말했다.

"아참, 여보. 예약 안 했는데 괜찮을까?"

"괜찮아요. 내가 며칠 전에 했어요."

"응?"

마리아는 운전하는 삼열의 어깨에 머리를 기대 웃으며 말했다.

"얼마 전부터 몸이 무거웠어요. 그래서 예약을 하고 당신에게 말하려고 했는데 어제 당신이 먼저 말했어요. 같이 병원 가자고요."

"아, 그랬군."

삼열은 병원에 도착하여 차를 주차하고 마리아와 손을 잡고 올라갔다.

마리아가 이끄는 대로 가는데 분위기가 이상해졌다. 여자들밖에 없었다. 간간이 남자들도 있었지만 주로 여자들, 그것도 젊은 여자들이 많았다.

"여기는……."

"산부인과예요."

"아, 그렇군."

고개를 가볍게 끄덕이는 삼열을 보고 마리아는 가볍게 웃
었다.

남편은 아직도 무슨 일로 병원에 왔는지 그 이유를 모르는
듯했다. 그렇다고 섭섭하지는 않았다.

원래 그는 자신의 일 외에는 관심이 없는 편이었다. 말을
안 해주면 모르는 타입의 남자다.

그런 점이 약간 섭섭하기는 했지만 천성이 그런 것이지, 관
심이 없어서 그런 것이 아니란 것을 잘 알고 있었다. 단점이기
도 했지만 자신이 무엇을 해도 간섭을 안 해서 편한 점도 많
았다.

"여보, 우리 차례예요."

"아? 나도 같이 들어가?"

"네."

"난 남자인데."

"그래도 같이 가요."

"웅, 그래."

미리아는 삼열의 반응에 미소를 지었다. 이 남자 아직 어리

다. 그가 아빠가 될 자격이 없다고 한 말은 겸손의 말이 아니었다.

그래도 아기가 태어나면 최선을 다할 사람이라 가만히 서 있어도 웃음이 나왔다.

"왜?"

"아니에요."

손을 잡고 들어가자 의사가 약간 놀란 듯했다.

"아, 이럴 수가. 반가워요. 전 엘리자베스 타냐입니다. 그리고 삼열 강 선수의 팬이기도 해요."

"아, 네. 감사합니다."

엘리자베스 타냐는 웃으며 말했다.

"사실은 제 아들이 삼열 강 선수의 팬이에요. 작년에 리글리 필드에 가서 파워 업 저지를 선물로 받아 왔더군요. 너무나 좋아해서 한동안 우리 부부가 편했어요."

"아, 네."

"아들 이름은 존 타냐예요."

"아, 약간 붉은색 머리의……."

"어머, 맞아요. 호호. 아참, 이러면 안 되죠. 앉으세요. 마리아 강 부인도 앉으시고요."

타냐는 마리아를 보며 의미 있는 미소를 지었다. 부부가 손을 잡고 병원에 오는 경우는 대부분 그 이유가 단 하나였다.

"생리가 끊겼죠?"

"네."

타냐는 마리아에게 생리가 끊긴 기간을 물으며 고개를 끄덕였다.

"몸이 무겁고 잠이 많아지기도 하고요?"

"네."

마리아가 부끄러운 듯 미소를 지었다.

"뭐, 증상만으로는 맞는 것 같은데 한 번 초음파 검사를 해보죠."

"네."

삼열은 두 사람의 대화를 듣고는 비로소 감을 잡았다. 나이가 어리다 보니, 그리고 매일 연습에 몰두하다 보니 자신이 결혼했고 아기를 가질 수 있다는 것을 순간적으로 잊어먹을 때가 많았다.

'아, 내가 이제 아빠가 되는 것인가?'

삼열은 기쁘면서도 두려웠다. 좋은 아버지가 되어야 하는데 그게 쉽게 될 것 같지는 않았기 때문이다. 막연하게 느껴지는 것은 아직 자신이 다른 사람의 생명을 책임질 정도로 성숙하지 못하다는 것이었다. 오직 마리아를 믿을 뿐이었다.

"보이시죠?"

"아, 네."

삼열은 화면에 보이는 작은 아기집을 바라보았다.

"이제 6주가 막 지났군요. 아직 조금 더 지켜봐야 하니 몸 조심하세요. 임신 초기에는 유산될 확률이 높으니 조심하셔야 해요. 여기 제 전화번호입니다. 궁금하신 것이 있으시면 전화 주세요."

"고맙습니다."

삼열은 초음파로 본 아기집에 감개가 무량했다. 부모님이 계셨다면 정말 기뻐하셨을 텐데, 하는 생각이 들자 약간 침울해지기도 했지만 이미 돌아가신 것을 어떻게 하겠는가.

"여보, 왜요?"

"아니, 돌아가신 부모님이 생각나서. 이렇게 좋은 날에 같이 계셨으면 무척이나 기뻐하셨을 것이라고 생각하니 조금 우울해졌어."

"아, 여보. 이해해요. 당신에게는 아버지가 안 계시지만 당신은 정말 좋은 아버지가 될 거에요."

"정말… 그럴까?"

"그럼요, 그렇고말고요."

미소 짓는 마리아를 보며 삼열은 아내를 따라 미소를 지었다. 마리아는 완전 신이 나 콧노래를 흥얼거렸다.

"기분 좋아?"

"그럼요. 이제 당신에게 진짜 가족이 생겼잖아요. 아기가 생겨도 날 계속 사랑해 줬으면 해요. 아이의 엄마는 나라고요. 알죠?"

"물론이야. 당신이 첫째, 자식이 둘째."

"와아, 나도요."

삼열은 싱글벙글 웃는 마리아의 손을 잡고 집으로 돌아왔다.

운전하는 내내 너무 기분이 좋았다. 집에 오자 피곤해하는 마리아를 삼열은 침대에 조심스레 눕혔다. 눈치를 보니 무척이나 긴장한 듯했다.

삼열은 잠시 자고 있는 마리아를 보다 거실로 나왔다. 기쁜 만큼 이제 어떻게 해야 하나 하는 생각에 두렵고 떨렸다.

인생은 어떻게 하든 흘러가게 마련이지만 고통스러운 어린 시절은 잊고 싶었다. 그리고 앞으로는 행복하게 살고 싶었다.

"하아~ 아이라니. 내 아이라!"

삼열은 같은 말을 여러 번 중얼거리며 거실을 왔다 갔다 했다. 아기는 분명 축복이다.

"잘할 수 있겠지? 잘해야 해. 아버지처럼 나도 잘할 거야."

아버지가 된다는 것이 감격스럽기도 하지만 두렵기도 했다.

이름뿐인 아버지가 아니라 자신의 기억 속에 있는 아버지처럼 좋은 아버지가 되고 싶었다. 따뜻한 미소로 잔잔하게 늘 믿어주시던 아버지의 큰 그늘이 오늘은 무척이나 그리웠다.

"아버지, 나도 조금 있으면 아버지가 돼요. 이제 어떻게 해요."

눈물이 흘러내렸다. 기쁨만큼 그리움이 컸다. 아버지와 어머니의 사랑이 엄청나게 그리웠다. 그 따뜻한 보살핌을 받을 수 없다고 생각하니 정말 기절할 만큼 슬펐다. 그때 작은아버지가 나타났다.

작은아버지가 사기를 치기 전까지는 세상이 그래도 살 만하게 보였었다.

부모님이 돌아가신 큰 슬픔 속에서 다정한 눈빛으로 모든 일을 대신해 주셨던 작은아버지가 배신할 것이라고는 상상하지도 못했다. 그래도 어떻게든 인생을 살아가게 될 것이라고 생각했었다.

그러나 인생이 저주를 받았는지 루게릭병에 걸렸다. 그리고 그 빌어먹을 병에 걸려도 대부분 증상이 나이 들어서 나타난다고 하던데 삼열은 고등학교 1학년부터 나타났다.

"아버지, 어머니. 봐주세요. 부모님 몫까지 행복하게 살게요."

유난히 영특한 머리를 가진 삼열을 보며 성공한 인생보다는 행복한 삶을 살기를 원하셨던 부모님을 생각하자 가슴이 애잔해졌다.

나직한 한숨을 쉬는데 등 뒤가 따뜻해졌다.

"여보, 안심해요. 당신은 잘할 거예요. 저도 노력할게요. 알았죠?"

"아, 여보."

삼열은 등 뒤에서 자신을 꼭 껴안고 있는 마리아의 머리카락을 쓰다듬으며 주먹을 꼭 쥐었다. 인생은 어떻게 하든 살아가게 마련이다. 그런데 이왕이면 행복하면 좋지 않은가.

점심은 외식으로 했다.

레스토랑에서 점심을 먹고 커피를 마시고 이야기를 하다가 집으로 돌아왔다. 집은 어제 그대로 조금도 변하지 않았지만 삼열의 눈에 비친 집은 수십 년을 산 듯 정겹게 보였다.

*   *   *

즐겁게 아침에 일어나 연습장으로 갔다. 그런데 하루 만에 또 세상은 바뀌어 있었다. 만나는 사람마다 삼열을 이상하게 바라보았다.

"이거 삐리리 냄새가 나는데. 뭐지?"

로버트가 삼열을 보자마자 말을 걸어왔다.

"야, 너 정말이야?"

"뭘? 말을 해야 알지?"

"루게릭병 말이야."

"누가 아니랬어?"

"와, 너 정말이었구나."

삼열은 불쌍한 눈으로 바라보는 로버트를 주먹으로 한 대 치고 싶어졌다.

'이 새끼, 또 코치에게 달려가서 이르겠지?'

삼열은 주먹이 우는 것을 간신히 참고 공을 던졌다. 그런데 뭔가 이상했다. 그는 스마트폰을 꺼내 자신의 이름을 검색했다.

─컵스의 영웅의 병명이 드디어 밝혀지다.

시카고 컵스의 에이스 삼열 강 선수가 레드삭스에서 트레이드된 이유가 마침내 밝혀졌다. 그의 병명은 세간에 떠돌던 그대로 루게릭병이었다.

루게릭병은 양키스의 4번 타자 루 게릭이 걸렸던 병으로 대뇌와 척추의 운동 신경 세포만 파괴시키는 병이다. 주로 50대 이후에 발병되는데 왜 발병하는지는 아직 의학적으로 밝혀진 바가 없다.

레드삭스의 주치의였던 닥터 마이어는 삼열 강 선수에게 이 병이 있음을 발견하고 구단에 보고하였다고 한다. 이후 레드삭스는 컵스의 존스타인 단장의 트레이드 요청을 받아들였다.

이미 삼열 강 선수의 병명이 루게릭병일 것이라는 말은 항간에 떠돌았고 당사자도 부인하지 않았다. 하지만 사람들은 이런 내용을 확신하지 못했다. 그 이유는 이제까지 루게릭병에 걸리고서도 이처럼 놀라운 운동 신경을 그대로 유지한 사람은 단 한 사람도 없었기 때문이다.

루게릭병 환자의 수명은 평균 3, 4년에 불과하며 아주 극소수의 사람들만 병세가 호전되어 10년 이상 생존한다.

이번에 닥터 마이어가 법원에 제출한 서류로 인해 그의 병명이 오진이 아니었다는 것이 드러났다. 법원이 이 서류를 요구한 이유는 이 사건의 핵심인 의사로서의 비밀 업무 규약을 준수했는지 살펴보기 위한 일환으로 보인다.

즉, 닥터 마이어의 유죄를 증명하기 위해서는 가장 기초적인 사실, 과연 삼열 강 선수가 그런 병에 걸린 것이 사실인가부터 밝혀야 했기 때문이다.

삼열 강 선수도 이 병에 대해 어느 정도 시인했기 때문에 별로 새삼스러울 것은 없지만 추정이 사실로 드러났다.

한마디로 말하자면 엄청난 충격이다.

그는 완치되었다고 주장을 하지만 확실하게 믿을 수 있는 상황은 아니다. 아직 의사의 진단이 나오지 않았기 때문이다. 메이저리그 데뷔 첫해에 전설적인 기록을 세운 삼열 강이 과연 앞으로도 메이저리그에서 생존할 수 있을까?

그는 불과 이틀 전에 2년 차 징크스를 비웃으며 8이닝 1실점 13삼진으로 자신의 진가를 증명했다. 그의 행보는 앞으로 어디까지 계속될 수 있을까? 영웅은 다시 날개를 달 수 있을까?

시카고 트리뷴, 잘스 징거만 기자.

삼열은 피식 웃었다. 이미 자신이 예전에 기자들에게 시인했던 내용이었다.

달라진 것은 닥터 마이어가 서류를 법원에 제출한 것에 불과했다. 그런데 예전에는 믿지 않고 있다가 지금에서야 믿는단다. 단지 서류 한 장으로 말이다.

"뭐야, 아무것도 아니네."

삼열은 아무것도 아니라고 했지만 그를 제외한 사람들에게는 충격적인 사실이었다.

구단도 확인한 사실이기는 했지만 이상하게 그에게 검사를 요구하지는 않았다. 사실 루게릭병 진단을 받고 메이저리그의 선수 생활을 하는 것 자체가 말이 안 되었다.

이 사안이 얼마나 심각한지 연습장에 잘 얼굴을 내밀지 않던 베일 카르도 감독과 존스타인 사장까지 직접 왔다.

삼열은 감독을 따라 조용한 곳으로 갔다.

"저, 그게……."

존스타인 사장이 조금 곤란한 표정으로 삼열을 바라보았다.

"사실이에요."

"흐음, 그렇군. 난 그 말을 믿지 않았지. 내가 왜 자네에게 검사를 요구하지 않았는지 아나?"

"글쎄요."

"나는 자네에게 무례를 범하기보다는 의학자에게 의뢰를 했네."

"아."

삼열은 존스타인의 말에 고개를 끄덕였다.

존스타인다운 일처리였다. 그리고 이것은 배려이기도 했다.

삼열은 조금은 감동받았다. 병을 무시한 것이 아니라 심각하게 받아들였으나 해결 방법을 다르게 시도했다. 선수의 자존심이 상하지 않게 접근을 먼저 시도한 것이다.

"루게릭병에 걸린 사람이라면 자네처럼 행동할 수 없다고 말하더군. 어떻게 된 것인가?"

"흠, 기적을 믿으시나요?"

"신을 믿는 한 사람으로서 당연히 믿네."

"그렇다면 설명하기가 편하겠네요. 루게릭병에 걸렸고 전 이제 완전히 나았습니다. 의사의 진단서를 제출할 수도 있습니다."

"하아, 믿을 수 없는 일이 일어났으나 믿을 수밖에 없군."

존스타인이 삼열의 말에 동의한 것은, 만약 삼열이 루게릭병에 걸렸다면 이처럼 메이저리그에서 활약할 수 없을 것을 알기 때문이다.

"자네가 루게릭병에 다시 걸린다고 하더라도 마운드에 설 수 있도록 해주겠네."

"그거야 당연한 소리죠. 나만큼 잘 던지는 투수가 없으니까요. 그런데 그 재수 없는 말은 듣는 것만으로도 기분 나쁘네요. 멋있는 말이라고 생각하셨을지 몰라도 재발이라니. 쳇, 사장님도 그 병에 걸려봤다면 그런 말이 드라큘라의 이빨보다 더 섬뜩하다는 걸 아실 겁니다. 그러니 괜히 폼 잡지 마세요."

"하하하. 이제야 자네 같군. 안심하고 가보겠네."

"그러든가 말든가요. 구단이 인간적으로 대해준 것은 잊지 않겠지만 현실적으로 나보다 더 잘 던지는 놈은 없죠."

"커험. 맞는 말이네."

이번에는 지금까지 가만히 있던 베일 카르도 감독이 고개를 끄덕이며 삼열의 어깨를 다독거렸다.

작년에 48만 달러를 받으며 컵스의 유니폼을 입고 뛰었던 그는 2천만 달러의 선수보다 더 뛰어난 성적을 거두었다. 그러니 그는 이 악동이 좋았다.

존스타인 사장이 나서자 모든 문제는 해결되었다. 구단주야 사업하기 바쁘니 최종 결정권자는 존스타인 사장이었다.

구단과의 이야기는 끝났지만 기자들이 문제였다. 온종일 구단과 집 앞에 죽치고 앉아 있었다.

인터뷰를 안 한다고 하면 기자들도 어쩔 도리는 없었다. 그냥 죽치고 앉아 인터뷰해 줄 때까지 기다릴 수밖에.

상대는 툭하면 고소했고 그것이 또 당연한 수순이었다. 자신들이라도 그런 일을 당한다면 가만히 있지는 않을 것 같았다.

그리고 꺼려지는 것은 악동 주제에 팬들과 사람들에게 엄청나게 사랑을 받는 선수라서 함부로 하기가 껄끄러웠다. 멜로라인 가문의 사위라는 것도 지나친 취재를 자제하게 했다.

삼열은 며칠씩이나 죽치고 앉아서 기다리는 기자들을 보며 인터뷰를 해줘야 할 것 같다고 생각했다. 저렇게 하는 것이 저들의 직업이지만 문제는 자신이 귀찮아서 못 살 것 같았기 때문이다.

삼열은 기자들에게 다가가 그들을 노려보며 말했다.

"다음 경기 후에 인터뷰하겠습니다. 거기서 궁금한 것은 다 물어보세요. 그리고 지금은 꺼져 주세요."

"정말입니까?"

"믿거나 말거나. 아무튼 지금은 가요."

기자들이 가방과 소지품을 들고는 하나둘 떠나기 시작했다. 5분도 안 되어 그 많던 기자들이 단 한 사람도 남아 있지 않게 되었다.

삼열은 연습장으로 갔다. 가는 그 짧은 순간에도 흘깃 본 하늘은 지나치게 맑고 고왔다.

그는 연습장에 도착하여 몸을 풀면서 히죽 웃었다. 아빠가 된다는 것이 이렇게 좋은 것인 줄은 미처 몰랐다. 밥을 안 먹어도 배가 고프지 않을 것 같았다.

마리아는 회사에 사표를 제출했지만 구단이 만류를 하고 있는 상황이었다.

아무래도 마리아가 회사에 있는 것이 악동인 삼열을 다루기도 편했다. 또한 지금 하고 있는 일도 막바지에 도달해서 그녀는 꼭 필요했다.

결국 회사는 인원을 더 투입하고 마리아는 시간제 근무를 하기로 했다. 그래서 그녀는 하루에 한두 시간 정도만 근무해도 되었다.

실질적인 일들은 이제 모두 실무진이 떠안고 마리아는 전체적인 일의 진행 방향만 체크하는 것이다.

매일 집에 있는 마리아를 보며 삼열은 기분이 좋았다. 역시 남자의 로망은 아내가 집에서 배웅하고 퇴근할 때 밝은 미소로 맞이해 주는 것이 아니겠는가.

집에 들어가자마자 풍기는 보글보글 국 끓는 소리와 달콤한 요리들의 냄새. 생각만 해도 삼열은 기분이 좋아졌다.

같은 집에서 살 때부터 쭉 마리아가 일했기에 집에서 살림하는 그녀를 상상도 하지 못했었다. 그런데 아기를 가진 그녀가 스스로 조심하겠다니 삼열로서는 대환영이었다.

"헤이, 삼열. 기분이 좋아 보이는데?"

"음하하하. 좋아."

"왜?"

"아내가 회사를 그만두었거든."

"그게 왜 기분이 좋은데? 처음에야 좋겠지만 아내가 집에만 있다가 보면 스트레스가 쌓이고 그것을 다 남편에게 풀려고 할걸."

"웅? 그런 거야?"

"당연하지. 여자가 집에만 있어봐라. 얼마나 심심하겠나?"

"헐."

삼열은 매튜 뉴먼의 말에 조금 놀랐다. 그러다가 피식 웃었다.

심심하면 TV를 봐도 되고 책을 읽어도 되고 취미 활동을 하면 되지 않겠는가. 그리고 마리아는 완전히 회사를 그만둔 것도 아니고 파트타임으로 일을 하고 있으니 해당 사항이 없는 셈이었다.

삼열은 천천히 몸을 풀며 오늘 경기를 어떻게 할까 생각하였다. 오늘의 상대는 마이애미 말린스였다. 1993년에 창단하여 1997년, 2003년에 월드 시리즈 우승을 두 번이나 했다.

이 정도면 명문 팀이 되어야겠지만 실제로는 그렇지 않다. 이 두 번의 월드 시리즈 진출은 모두 와일드카드로 나가서 우승한 것이라 말린스의 기적이라고도 불린다.

문제는 작년에 지구 꼴찌를 할 만큼 전력이 약화된 것이었다.

마이애미 말린스는 1997년에 고액의 선수들을 산 것을 제외하고는 계속적으로 선수들을 팔아치우고 있다.

정상급 선수를 주고 유망주를 네다섯 명 데려오는 트레이드를 계속하는 이유는 해당 선수가 FA 되었을 때에 지불할 연봉이 없기 때문이다. 그리고 미래의 유능한 선수들을 선점하는 효과도 있다.

포스트 진출이 확실시되는 팀은 미래의 유망주보다는 당장 뛸 수 있는 선수가 필요했고 이런 이해관계가 맞아떨어지면서 트레이드가 되는 것이다.

　말린스는 그동안 구단 소유의 구장이 없다가 2012년에야 비로소 37,000석 규모의 돔구장을 드디어 가지게 되었다. 그동안은 돌핀 스타디움, 랜드 샤크 스타디움, 선 라이프 스타디움을 빌려서 사용했다.

　한마디로 메이저리그에서 가장 가난한 구단 중의 하나다.

　삼열은 심호흡하며 천천히 몸을 풀었다.

　오늘 시합이 끝나면 기자들과의 인터뷰가 있다. 그러니 오늘은 꼭 이겨야 한다고 생각했다.

　시합에 진 다음에 하는 인터뷰는 생각만 해도 짜증이 날 것 같았다.

　하지만 시합에서 잘 던진다고 꼭 승리하는 것은 아니다. 타자들이 제대로 해주지 않으면 안 된다.

　'오늘도 타석에서 커트를 해야 하나?'

　삼열은 스티브 칼스버그가 늦게 와 포수 후보인 찰리 덕에게 공을 던졌다.

　공이 손끝에서 떠날 때마다 바람처럼 자유롭고 송곳처럼 날카롭게 미트에 꽂혔다.

　'이 정도면 뭐, 괜찮네.'

매일같이 죽으라 운동을 하니 아프지 않는 한 특별한 일이 생길 것 같지는 않았다.

삼열은 구장에 서서 들어오는 관중들을 바라보았다. 항상 지구 꼴찌를 도맡아 해도 관중의 수가 줄어들지 않는 것은 정말 미스터리다.

삼열은 관중석에서 글러브를 꺼내 손으로 퍽퍽 소리를 내며 오늘 시합 중에 자신들의 앞으로 공이 날아오면 꼭 잡을 것이라고 이야기하는 사람을 바라보았다.

이런 따뜻한 열기가 좋았다. 야구를 하는 것은 축복이라고 생각했다. 자신이 아직까지 살아 있다는 것, 그리고 좋아하는 일을 한다는 것은 분명 축복이었다.

삼열은 잠시 1루쪽 관중석으로 가서 아이들을 만나 사인 공을 주고 사진을 찍고는 아이들에게는 오늘 일찍 가야 한다고 말했다.

"왜요?"

아이들이 평상시보다 일찍 떠나는 삼열에게 특유의 호기심을 드러내었다.

"왜냐면 머리가 복잡하단다."

"왜요?"

"이따가 기자들과 인터뷰를 약속했거든."

"아하."

"야, 그럼 파워 업 형아가 그 일로 기자들에게 인터뷰를 하나 보다."

아이들끼리 이야기하는 것을 보니 이미 어느 정도 알고 있는 눈치였다.

아이들도 귀를 가지고 있으니 삼열의 문제를 모를 리가 없었다. 다만 삼열이 사적인 이야기에는 절대로 대답을 안 해준다는 소문이 나서 안 묻는 것뿐이었다.

어린 꼬마가 삼열의 손을 잡고 바라보았다. 삼열이 '왜?' 하는 표정으로 묻자 귀엽게 웃으며 말했다.

"오빠, 힘내요."

"응, 그래. 고맙다."

삼열은 눈이 예쁜 여자아이의 손을 잡고 크게 한 번 흔들고는 1루 쪽 관중석을 떠나 컵스의 선수들과 합류했다.

시간이 점점 지나가면서 삼열은 호흡을 깊게 했다. 어느 때보다 긴장되는 하루였다.

삼열은 선수들을 만나면 개인적으로 오늘은 파이팅을 하자고 말했다.

"저 녀석이 왜 안 하던 짓을 하지?"

로버트가 삼열의 특이 행동에 의문을 나타냈다. 그러자 옆에 있던 레리 핀처가 웃으며 말해 주었다.

"오늘 그가 인터뷰하게 될 거야. 모든 소문에 대한 이야기를 끝내려는 거지. 그래서 가능한 승리를 한 다음에 하고 싶어지는 거겠지. 그게 인간의 기본적인 심리이기도 하고."

"그렇군요. 삼열이 잘해야 할 텐데요."

"그는 늘 자신만만하니 우리만 잘하면 돼."

삼열은 더그아웃에서 눈을 감고 시간이 지나기를 기다렸다.

그리고 마침내 시합이 시작되었다.

삼열은 마운드에 서서 크게 호흡을 하며 오늘은 정말 잘 던지겠다고 결심했다. 오늘은 그동안의 자신의 문제를 해결하는 날이다.

"파워 업!"

삼열은 힘차게 외치고 공을 던졌다. 공이 섬광처럼 빠르게 포수의 미트에 꽂혔다.

"스트라이크."

전광판에 106마일이라는 숫자가 떠올랐다.

낮게 제구된 공은 포수의 무릎을 걸치고 들어갔다. 106마일의 공은 스트라이크 존 가운데에 들어가도 타자가 제대로 타격하기 힘든 공이었다. 그런 공이 낮게 날아드니 타자는 배트를 휘두르지도 못했다.

호세 마리오는 삼열을 한 번 바라보고 배트를 흔들었다.

2011년에 뉴욕 메츠에서 말린스로 옮긴 그는 6년간 1억 600만 달러의 연봉을 받는다. 말린스가 무슨 생각으로 이런 통 큰 계약을 했는지 모르지만 정말 이례적인 일이었다.

메츠가 호세 마리오에게 제시한 금액이 5년에 8,500만 달러였다. 그는 재작년에 26경기 연속 안타를 쳤으며 내셔널 리그 타격왕에 오르기도 했다. R디메인이 그의 연속 안타를 막았다.

삼열은 이 타격왕 출신의 빠른 발을 생각했다.

호세 마리오는 2007년에는 78개의 도루를 했으며 작년에도 49개의 도루를 기록했다. 한마디로 틈이 보이면 바로 뛰는 스타일이었다.

삼열은 호세 마리오의 타격 자세를 보고 상대가 노리고 있음을 알아챘다. 그런데 어떤 공을 노리는지 알 수가 없었다.

그는 빠른 공에 강한 선수다. 마틴 스트라우스를 상대로도 강한 면모를 보였었다.

'안전하게 커터를 던지자.'

삼열은 이렇게 생각하며 공을 낮게 던졌다. 공이 타자 앞에서 급격히 휘어지며 들어갔다. 호세 마리오가 빠르고 강하게 배트를 휘둘렀다.

딱.

공은 정확하게 배트의 중심에 맞아 강하게 날아갔다. 2루에 있던 로버트는 자신을 향해 라인 드라이브로 날아오는 타구를 제자리에서 펄쩍 뛰어올라 잡아냈다. 1루로 달리던 호세 마리오가 고개를 흔들며 더그아웃을 향해 걸어 들어갔다.

2번 타자 베니 폴로가 타석에 들어섰다. 그는 1번 타자에 비해서는 상대적으로 쉬운 상대였다. 타율이나 장타율도 그다지 높지 않았다.

삼열은 2번 타자를 삼진으로 잡고 3번 타자 그레그 만독이 타석에 들어서기를 기다렸다.

그는 헨리 라미레즈가 다저스로 트레이드되고 난 후에 3번 타자로 출전했다.

호세 마리오와 라미레즈 모두 유격수로 포지션이 겹쳐 문제가 되었다. 그런데 라미레즈는 곤잘레스 전감독와 사이가 좋지 않았고, 구단에 대한 불만도 많이 남아 있어 다저스로 트레이드되었다.

덕분에 말린스의 3번 타자의 무게감은 많이 줄었다. 만독은 장타력은 딸리지만 타율에서는 그다지 밀리지 않는다. 그는 최근 타율이 0.288로 상승세에 있었다.

그러나 삼열은 빠른 직구, 체인지업, 커터를 던져 3구 만에 타자를 삼진으로 잡았다. 1번 타자 호세 마리오 외에는 까다

롭지 않아서 좋았다.

원더풀 스카이의 에드워드 찰리신 아나운서와 자니 메카인 해설 위원은 경기 시작 전부터 중계보다는 다른 일로 분주했다.

특히나 자니 메카인은 메이저리거 출신이고 해설 위원으로 오래 활동을 해서 정보가 빠르고 정확했다.

─하하, 삼열 강 선수가 가볍게 세 타자를 처리하는군요. 자니 메카인 씨, 어떻습니까?

─마이애미 말린스의 타력으로 삼열 강 선수와 붙는 것은 좀 힘들죠. 작년의 삼열 강의 평균 자책점이 0.98입니다. 9이닝을 던지면 1점을 겨우 준다는 이야기이니 가히 철벽의 마운드라고 할 수 있습니다. 그에 반해 말린스의 팀 타율은 0.22이니 게임이 안 될 겁니다.

─그렇군요. 오늘 경기가 끝나면 삼열 강 선수가 기자들을 상대로 인터뷰한다고 하던데요, 무슨 내용일까요?

─사실 시청자 중에는 오늘 경기보다 삼열 강 선수의 병명에 대해서 더 궁금해하는 사람들이 있을 줄로 압니다. 저도 궁금합니다, 하하. 오늘 경기에 나오는 것을 보니 몸에 이상이 없는 것은 확실한 것 같네요. 지난 경기도 그렇고 오늘도 그렇고, 루게릭병에 걸린 사람이 저렇게 폭발적으로 몸을 놀리

기란 불가능합니다. 아마도 그는 자연 완치가 된 특이 케이스 같군요.

　—루게릭병도 완치가 가능합니까?

　—의학적으로는 불가능하죠. 하지만 기적은 있으니까요. 제 짐작입니다. 루게릭병은 인간의 운동 신경을 갉아먹는 병으로 발병 원인조차 밝혀지지 않았고 완치도 불가능한 병으로 알려져 있죠. 그러나 우리들의 삶에 그런 것이 어디 한두 개이겠습니까? 신의 기적이 일어난 것으로 보는 것이 가장 타당할 것 같네요.

　—그렇군요. 그런데 삼열 강 선수는 아직 종교가 없는 것 같은데요.

　—뭐, 모르죠. 우리가 신이 아니니까요. 하하, 어쨌든 몸에 이상이 없는 것은 확실한 것 같아 보입니다.

　—그러면 레드삭스와 닥터 마이어는 어떻게 된 것입니까?

　—닥터 마이어는 직접 폭로한 것이 아니라서 들려오는 소식에 의하면 의사 면허 취소까지는 가지 않을 것 같더군요. 문제는 레드삭스입니다. 베이브 루스를 양키스에 팔아먹은 일에 비유되는 초유의 트레이드 사건의 전모가 밝혀졌으니까요. 도덕적으로 지탄 받을 수밖에 없을 것 같습니다. 삼열 강 선수가 기자 인터뷰에서 특별한 내용을 폭로한다면 더 치명적이겠죠.

─아, 정말 레드삭스의 위기군요. 이제 공수가 교체되어 말
린스의 선발 투수 조시 조나단이 나오네요. 조시 조나단은 어
떤 투수입니까?

─이미 몇 차례 조시 조나단은 컵스전에 등판한 경력이 있
어 컵스의 팬들에게 낯설지 않은 선수죠. 2002년 말린스에
입단하여 통산 55승 31패를 기록하고 있고 평균 자책점도
3.12로 아주 좋습니다. 2009년에는 15승을 거둬 최고의 우완
투수로 군림할 기회가 있었지요. 2010년에 필라델피아의 로
이 할러데이가 메이저리그 역사상 20번째 퍼펙트게임을 달성
했을 당시의 상대가 조시 조나단이었습니다. 그 당시의 스코
어는 1 : 0으로, 그때 나온 1점도 실책에 의한 것이었죠. 그
후 팔꿈치부상으로 경기에 자주 못 나오다가 최근에야 예전
의 모습을 되찾고 있습니다.

에드워드 찰리신 아나운서가 자니 메카인 해설 위원의 말
을 듣고 안타까운 표정을 지으며 고개를 끄덕였다.

─201㎝에 이르는 큰 키로 내리꽂는 100마일에 가까운 직
구는 굉장히 위력적입니다. 게다가 날카롭고 빠른 슬라이더는
가히 명품이라고 할 수 있죠. 문제는 제구력입니다. 볼넷이 좀
많은 선수이지만 위기관리 능력이 뛰어나서 많은 실점을 하지
는 않습니다.

─아, 그렇군요. 컵스의 빅토르 영 선수가 타석에 들어서고

있군요.

삼열은 더그아웃에서 조시 조나단이 던지는 공을 예리하게 바라보았다.

컵스의 타자들이 점수를 내지 못한다면 그는 타석에서 적절한 타격을 해야 한다.

'슬라이더가 굉장히 빠르군.'

조시 조나단은 주로 포심 패스트볼과 슬라이더 투피치 투수다. 두 종류의 공으로 승부할 수 있는 것은 강한 직구도 직구지만 2미터가 넘는 그의 육중한 몸 덕분이기도 했다.

위에서 아래로 던지는 공은 사뭇 위압적이기까지 했지만 삼열은 조시 조나단의 공이 그다지 어렵지 않다고 보았다.

그래 봐야 직구 아니면 슬라이더 아닌가.

'어?'

그때 삼열은 관중석에서 아이가 떨어뜨린 인형을 보았다.

어떻게 외야석으로 인형이 떨어졌는지 모르겠지만 흔한 일은 아니었다. 마침 외야수가 경기 진행 위원들에게 이야기했는지 경기가 잠시 중단되었다.

인형을 돌려받은 여자아이가 기뻐하는 모습을 보자 삼열도 즐거워졌다. 아이들이 노는 모습을 보면 즐거웠다. 이는 분명 예전과 확연히 달라진 현상이었다.

예전에도 아이들을 싫어하지는 않았다. 하지만 그때는 인기를 위해 아이들을 좋아하는 척하는 가식적인 면이 있었다면 이제는 정말로 아이들을 좋아하게 되었다.

곧 아빠가 된다는 사실 하나만으로 이렇게 생각이 달라질 수 있는지 예전에는 전혀 알지 못했다.

"그래, 오늘 아이들을 위해 화끈하게 불을 지르자."

"어? 뭐라고?"

옆에 있던 랜디 팍스가 삼열의 말을 듣고 되물었다.

"화끈하게 놀겠다고."

"그래? 그럼 오늘 홈런 하나는 치겠네."

"어……? 홈런?"

삼열은 랜디 팍스의 말을 듣고는 홈런을 쳐도 좋을 것 같은 생각이 들었다. 그러나 홈런이 원한다고 쉽게 나오는 것은 아니지 않은가.

삼열은 1번 타자가 아웃되고 2번 타자가 파울을 치는 것을 보며 생각에 잠겼다.

눈을 감자 조시 조나단의 투구 내용이 그림처럼 선명하게 떠올랐다. 170에 이르는 뛰어난 그의 아이큐가 어디 가는 게 아니었다.

정신을 집중하자 조시 조나단의 동작 세세한 것까지 모두 기억났다.

엄청나게 발달한 그의 동체 시력은 이런 면에서 무척이나 도움이 되었다.

'자세히 보면 슬라이더와 직구를 던지는 동작이 미묘하게 다르지만 공이 빨라 잡아낼 수가 없겠군.'

타자는 0.4초 안에 타격을 해야 하는데 확연하게 투구 동작이 차이 나면 몰라도, 작은 차이점만으로 그것을 순간적으로 인식해 타격하기에는 무리가 있다.

타자라면 경험에서 오는 미묘한 감각으로 칠 수 있겠지만 투수인 삼열에게는 불가능해 보였다.

삼열은 고개를 들어 투명한 하늘을 바라보았다. 아직은 하늘 사이로 어둠이 다가오지 않아 몹시도 곱고 예뻤다.

그때 갑자기 돌개바람이 외야 쪽으로 불었다.

타자들이야 좋아하겠지만 투수들은 무척이나 신경 쓰이는 방향이었다.

2번 타자도 아웃되고 3번 타자 이안 스튜어트가 안타를 치고 나갔다. 4번 타자 레리 핀처가 9구 끝에 삼진을 당해 1회 말이 끝났다.

삼열은 다시 마운드에 올라 불같은 강속구를 던졌다. 4번 타자와 5번 타자를 내야 땅볼로 아웃시키고 6번 타자에게 안타를 맞았다. 그리고 7번 타자를 삼진으로 돌려세우자 2회

초가 끝났다.

마운드에서 다시 큰 키의 조시 조나단이 공을 던질 준비를 하고 있었다.

그가 고개를 움직일 때마다 매력적인 턱수염이 꿈틀거렸다.

컵스의 5번 타자 헨리 아더스가 초구를 그대로 받아쳐 담장을 훌쩍 넘기는 홈런을 터뜨렸다. 역시 그의 타격만큼은 어느 상황에서든지 별처럼 빛이 났다.

주전이었던 존 마크는 후보로 내려 앉히자 그가 팀에 트레이드 요청을 팀에 해놓은 상황이었다. 그 정도로 최근의 헨리 아더스의 활약은 뛰어났다.

스코어는 1 : 0.

조시 조나단은 약간 낙담한 표정을 짓더니 다시 주먹을 불끈 쥐고는 타석으로 걸어오는 타자를 노려보았다.

이번 타자는 필드의 천재 로버트 메트릭이었다. 조시 조나단이 호락호락한 투수가 아님에도 로버트는 안타를 치고 1루로 나갔다.

이런 초반의 활약을 컵스가 시즌 막판까지 끌고 갈 수만 있다면 포스트 시즌에 진출할 수 있을 텐데 막판에 가면 힘이 달려 주저앉곤 했다. 그것이 컵스 구단의 한계였다.

양키스 같은 명문 구단은 주전 선수와 후보의 실력 차이가 크지 않다. 그래서 후반기로 가면서 주전 선수들이 경기에서 이탈해도 큰 영향을 받지 않는 데 비해 리빌딩을 하고 있는 컵스는 그만한 여력이 없다.

존스타인 사장의 시도가 성공하려면 적어도 2, 3년은 더 기다려야 한다.

팜에 유망주들이 많아 그들이 메이저리그에 올라와 활약하는 순간부터 컵스는 달라질 것이다. 그전까지 컵스의 실력으로는 지구 우승도 힘들 것이다.

7번 타자 스티브 칼스버그가 삼진, 존 레이가 외야 뜬공으로 아웃되자 삼열은 타석에 들어섰다.

삼열은 1루에 있는 로버트를 바라보았다. 존 레이의 외야 플라이가 깊지 못해 2루로 뛰지를 못했다. 로버트가 삼열을 보며 손을 흔들었다.

'오늘은 이겨야 해.'

모든 선수가 경기에서 이기기를 바라지만 삼열에게 오늘은 그 강도가 더 컸다.

오늘 경기에서 이겨야 기자들에게 하는 말이 더 신빙성 있을 것이다. 아니, 그 모두를 떠나 왠지 오늘은 절대로 지고 싶지가 않았다.

'투피치 투수 정도야.'

삼열은 존슨보다 10마일 빠른 공을 던지고 있지만 그럼에도 불구하고 구질이 다양하다.

포심, 투심, 커터, 커브, 서클 체인지업을 섞어서 던진다. 그런데 직구와 슬라이더만을 던지는 존슨의 구종은 너무 단조롭다.

사람들은 강속구가 치기 어렵다고 생각하지만 사실은 그렇지 않다.

예측만 가능하면 가장 치기 좋은 공이 직구다. 그래서 투수들은 볼 카운트가 불리하면 안타를 맞을 확률이 대폭 상승하게 된다. 왜냐하면 투수가 불리해지면 가장 제구가 잘되고 무난한, 즉 스트라이크를 잡기 쉬운 공인 포심패스트볼을 던지려고 하기 때문이다.

조시 조나단이 직구를 던질 확률은 50%나 되니 이보다 쉬운 투수는 없다.

문제는 직구와 슬라이더를 구별하기가 힘들다는 것이었다. 그의 슬라이더는 빠르고 예리하여 메이저리그에서도 톱클래스에 속하기 때문이다.

삼열은 일단 컵스의 타자들이 조시 조나단의 공을 그런대로 공략하고 있으니 커트를 해서 투수를 괴롭히는 것보다는 제대로 된 타격을 하고 싶어졌다.

랜디 팍스로부터 홈런을 치라는 말을 들어서 더 그런 생각이 든 듯했다.

'초구는 스트라이크 잡으려고 오겠지.'

삼열은 타석에서 상대를 노려보았다. 조시 조나단이 공을 던졌다.

빠른 공이었지만 삼열의 눈에는 선명하게 궤적이 보였다.

딱.

4만 명이 넘는 좌석이 완전히 매진된 리글리 필드가 순간 조용해졌다. 그리고 곧이어 환호가 터져 나왔다.

"홈런, 홈런이야!"

"와우, 파워 업 맨. 대단한데!"

삼열이 때린 타구가 우측 담장을 가볍게 넘어갔다.

"대박이다!"

삼열은 작게 중얼거리며 1루를 돌아 2루를 향했다. 짜릿한 손맛은 마치 자신이 유명한 타자라도 된 느낌을 들게 해 줬다.

그가 그라운드를 도는 동안 그의 응원가가 관중들의 입에서 흘러나왔다.

삼열은 홈 베이스를 밟으며 속으로 안도의 한숨을 내쉬었다. 오늘은 지지 않을 거라는 확신이 들기 시작했다.

그는 더그아웃에 들어가 동료들에게 축하를 받았다. 의자에 앉는데 매튜 뉴먼이 삼열의 어깨를 두들기며 홈런을 축하했다.

"정말 때렸군."

랜디 팍스가 삼열의 머리를 치며 말했다.

"우연히 넘어간 거예요."

"오늘은 겸손하지 않아도 돼. 우리 모두 네가 승리 투수가 되기를 정말 원하고 있으니까."

삼열은 랜디 팍스의 말을 듣고 선수들이 나름대로 이기기 위해 최선을 다하고 있는 것을 알게 되었다.

이렇게 하면서 같은 팀이 되어가는 것이다. 그리고 서로를 알고 그 속에서 우정도 배우게 된다.

*　　　　*　　　　*

─자니 메카인 씨, 어떻습니까?

─역시 삼열 강은 타자로서의 재능이 너무 뛰어납니다. 하하, 오늘은 확실히 삼열 강 선수의 타격 자세가 다른 날과 다르네요. 그 어떤 때에도 삼열 강 선수는 초구에 배트를 휘두른 적이 없는데, 오늘은 아무래도 시합 뒤에 있게 될 기자 인터뷰가 의식되기는 된 모양입니다.

자니 메카인 해설 위원이 웃으며 이야기를 했다.

마리아는 집에서 전화기를 들고 번호를 누르다가 거실에 켜

진 TV에서 삼열이 홈런을 때리는 모습을 보고는 기뻐 팔짝팔
짝 뛰려고 했다.

하지만 곧 자신이 임신한 것을 깨닫고는 머리를 주먹으로
살짝 치면서 소파에 얌전하게 앉았다. 그러고는 작게 중얼거
렸다.

"여보, 멋져요."

마리아는 TV에 비친 삼열의 모습을 자랑스러운 눈으로 바
라보았다.

그녀의 눈빛은 저렇게 대단한 남자가 내 남편이에요, 하고
사람들에게 막 자랑하고 싶어 하는 듯했다. 그리고 마리아는
전화기의 마지막 번호를 눌렀다.

—여보세요?

"엄마, 저 마리아예요."

—잘 지냈어, 우리 딸?

"그럼요. 그런데 엄마, 지금 방금 우리 그이가 홈런을 쳤어
요."

—축하한다. 마리아, 그런데 홈런이라니? 네 남편은 투수라
고 하지 않았니?

"투수 맞아요. 그런데 공도 잘 던지지만 타격도 잘해요."

—네 아빠가 좋아하겠구나. 그이도 야구를 좋아하잖니.

"하지만 아빠는 양키스 팬이잖아요."

─아, 그렇지. 그래도 사위가 컵스 투수인데 그쪽을 응원하지 않겠니?

"아빠가 그렇게 할까요?"

─…….

잠시 사라 멜로라인이 생각을 하는 듯 침묵을 하다가 입을 열었다.

─그건 좀 힘들겠구나. 미안하구나, 마리아. 사위도 하나님이 주신 자식인데, 그래도 네 아버지의 양키스 사랑은 어쩔 수가 없을 것 같구나. 네가 아빠에게 말해 컵스를 두 번째로 좋아하도록 만들어 보려무나.

"네, 엄마. 그럼 다음에 또 전화할게요."

─그러렴.

마리아는 엄마의 목소리를 듣고 기분이 좋았다. 엄마에게 남편을 자랑할 수 있게 되어 행복했다. 그런데 뭔가 이상했다.

"아, 맞다. 엄마에게 임신 소식을 말씀드리지 못했구나. 에고."

마리아는 다시 전화기를 들었다.

이렇게 축복받을 소식을 부모님에게 늦게 전해드리고 싶지 않았다. 마리아는 마운드로 걸어 나가는 삼열을 보며 일어나 파워 업을 외쳤다.

"여보, 파워 업!"

창밖은 점점 어두워지고 있었고 리글리 필드에는 조명이 서서히 들어오기 시작했다.

『MLB—메이저리그』 9권에 계속…

초대형 24시 만화방

신간 100%, 샤워실, 흡연실, 수면실(침대석), 커플석, 세탁기 완비

■ 강북 노원역점 ■

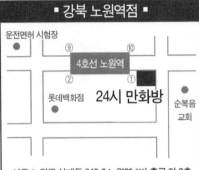

서울 노원구 상계동 340-6 노원역 1번 출구 앞 3층
02) 951-8324 (화용빌딩 3층)

■ 일산 정발산역점 ■

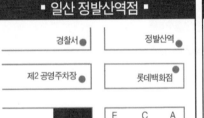

라페스타 E동 건너편 먹자골목 내 객잔건물 5층
031) 914-1957

■ 일산 화정역점 ■

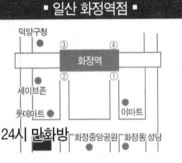

경기도 고양시 덕양구 화정동 984번지 서일빌딩 7층
031) 979-4874 (서일사우나 건물 7층)

■ 부천 역곡역점 ■

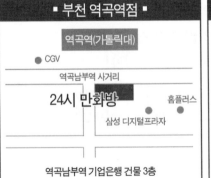

역곡남부역 기업은행 건물 3층
032) 665-5525

■ 부평역점 ■

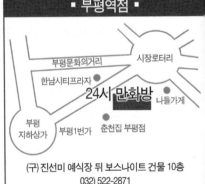

(구) 진선미 예식장 뒤 보스나이트 건물 10층
032) 522-2871

내일을 향해 쏴라

김형석 장편 소설

FUSION FANTASTIC STORY

1만 시간의 법칙!
'성공은 1만 시간의 노력이 만든다'는 뜻이다.

그러나…
사회복지학과 복학생 수.
전공 실습으로 나간 호스피스 병동에서
미지와 조우하다.

1만 시간의 법칙?
아니, 1분의 법칙!

전무후무한 능력이 수에게 강림하다!
맨주먹 하나로 시작한 수의
인생역전이 시작된다!

Book Publishing CHUNGEORAM

유행이 아닌 자유추구-
WWW.chungeoram.com

이계진입
리로디드

임경배 퓨전 판타지 소설
FUSION FANTASTIC STORY